中华文化风采录

浩瀚经典宝库

脍炙的散曲

胡元斌 编著

北方妇女儿童出版社
·长春·

版权所有　侵权必究

图书在版编目(CIP)数据

脍炙的散曲 / 胡元斌编著. —长春：北方妇女儿童出版社，2017.4（2022.8重印）

（浩瀚经典宝库）

ISBN 978-7-5585-0929-2

Ⅰ. ①脍… Ⅱ. ①胡… Ⅲ. ①散曲－介绍－中国－古代 Ⅳ. ①I207.24

中国版本图书馆CIP数据核字(2017)第055269号

脍炙的散曲
KUAIZHI DE SANQU

出 版 人	师晓晖
责任编辑	吴　桐
开　　本	700mm×1000mm　1/16
印　　张	6
字　　数	85千字
版　　次	2017年4月第1版
印　　次	2022年8月第3次印刷
印　　刷	永清县晔盛亚胶印有限公司
出　　版	北方妇女儿童出版社
发　　行	北方妇女儿童出版社
地　　址	长春市福祉大路5788号
电　　话	总编办：0431-81629600

定　　价　36.00元

序言

习近平总书记说："提高国家文化软实力，要努力展示中华文化独特魅力。在5000多年文明发展进程中，中华民族创造了博大精深的灿烂文化，要使中华民族最基本的文化基因与当代文化相适应、与现代社会相协调，以人们喜闻乐见、具有广泛参与性的方式推广开来，把跨越时空、超越国度、富有永恒魅力、具有当代价值的文化精神弘扬起来，把继承传统优秀文化又弘扬时代精神、立足本国又面向世界的当代中国文化创新成果传播出去。"

为此，党和政府十分重视优秀的先进的文化建设，特别是随着经济的腾飞，提出了中华文化伟大复兴的号召。当然，要实现中华文化伟大复兴，首先要站在传统文化前沿，薪火相传，一脉相承，弘扬和发展5000多年来优秀的、光明的、先进的、科学的、文明的和自豪的文化，融合古今中外一切文化精华，构建具有中国特色的现代民族文化，向世界和未来展示中华民族具有独特魅力的文化风采。

中华文化就是中华民族及其祖先所创造的、为中华民族世世代代所继承发展的、具有鲜明民族特色而内涵博大精深的优良传统文化，历史十分悠久，流传非常广泛，在世界上拥有巨大的影响力，是世界上唯一绵延不绝而从没中断的古老文化，并始终充满了生机与活力。

浩浩历史长河，熊熊文明薪火，中华文化源远流长，滚滚黄河、滔滔长江是最直接的源头，这两大文化浪涛经过千百年冲刷洗礼和不断交流、融合以及沉淀，最终形成了求同存异、兼收并蓄的辉煌灿烂的中华文明。

中华文化曾是东方文化的摇篮，也是推动整个世界始终发展的动力。早在500年前，中华文化催生了欧洲文艺复兴运动和地理大发现。在200年前，中华文化推动了欧洲启蒙运动和现代思想。中国四大发明先后传到西方，对于促进西方工业社会形成和发展曾起到了重要作用。中国文化最具博大性和包容性，所以世界各国都已经掀起中国文化热。

中华文化的力量，已经深深熔铸到我们的生命力、创造力和凝聚力中，是我们民族的基因。中华民族的精神，也已深深根植于绵延数千年的优秀文

序言

化传统之中，是我们的精神家园。但是，当我们为中华文化而自豪时，也要正视其在近代衰微的历史。相对于5000年的灿烂文化来说，这仅仅是短暂的低潮，是喷薄前的力量积聚。

中国文化博大精深，是中华各族人民5000多年来创造、传承下来的物质文明和精神文明的总和，其内容包罗万象，浩若星汉，具有很强的文化纵深感，蕴含丰富的宝藏。传承和弘扬优秀民族文化传统，保护民族文化遗产，已经受到社会各界重视。这不但对中华民族复兴大业具有深远意义，而且对人类文化多样性保护也有重要贡献。

特别是我国经过伟大的改革开放，已经开始崛起与复兴。但文化是立国之根，大国崛起最终体现在文化的繁荣发展上。特别是当今我国走大国和平崛起之路的过程，必然也是我国文化实现伟大复兴的过程。随着中国文化的软实力增强，能够有力加快我们融入世界的步伐，推动我们为人类进步做出更大贡献。

为此，在有关部门和专家指导下，我们搜集、整理了大量古今资料和最新研究成果，特别编撰了本套图书。主要包括传统建筑艺术、千秋圣殿奇观、历来古景风采、古老历史遗产、昔日瑰宝工艺、绝美自然风景、丰富民俗文化、美好生活品质、国粹书画魅力、浩瀚经典宝库等，充分显示了中华民族厚重的文化底蕴和强大的民族凝聚力，具有极强的系统性、广博性和规模性。

本套图书全景展现，包罗万象；故事讲述，语言通俗；图文并茂，形象直观；古风古雅，格调温馨，具有很强的可读性、欣赏性和知识性，能够让广大读者全面触摸和感受中国文化的内涵与魅力，增强民族自尊心和文化自豪感，并能很好地继承和弘扬中国文化，创造未来中国特色的先进民族文化，引领中华民族走向伟大复兴，在未来世界的舞台上，在中华复兴的绚丽之梦里，展现出龙飞凤舞的独特魅力。

目 录

萌芽阶段——散曲兴起

脱胎于词和俚曲的散曲　002
元好问擅长自制曲牌创作　007
王和卿独树一帜的散曲　011

蓬勃发展——元散曲繁

016　关汉卿辉煌灿烂的成就
024　姚燧自成一家的散曲创作
031　马致远丰富多样的创作

灿烂佳期——散曲辉煌

张养浩雅致化的散曲佳作　040
乔吉融俗于雅的新散曲　047
徐再思骚雅端丽的曲风　052

目录

时代新风——散曲创新

060　北曲名家推陈出新铸辉煌
069　南曲名家改革开辟新天地

走向低谷——散曲衰落

明清之际散曲的创新与贡献　078
清中期浙西词派的词味　085

萌芽阶段

散曲兴起

我国散曲是继诗、词之后兴起的一种新诗体。宋金之际,契丹、蒙古、女真等少数民族的乐曲相继传入北方地区,与当地原有音乐融合,形成了一种新的乐曲,而原来与音乐相配,后来逐渐独立的词很难适应新的乐调,于是逐步形成了一种新的诗歌形式,这就是散曲。

散曲萌芽于宋金之际,兴起于金末,元代初期的散曲刚刚从词或俚曲脱胎而出。因此,这时的散曲有着"以词为曲"的特点。

脱胎于词和俚曲的散曲

北京自1012年辽代改称"燕京",后金、元两代相继建都于此,金称"中都",元称"大都"。金代于1153年迁都这里。

1267年,蒙古大军统领忽必烈下令在"中都"城的东北郊建造新

忽必烈蜡像

■ 元代乐伎塑像

城作为国都，至1276年新城全部建成。1271年，忽必烈在扩建中的国都登基称帝，国号"大元"。由此可见，元大都自1153年以来作为金代的政治、文化、商贸中心，也是中原文化和北方少数民族文化的最重要的交汇地。

自中晚唐以来，民间长短句歌词经过长期的酝酿，到了宋金对峙时期，又吸收了一些在北方流行的民间曲词和女真、蒙古等少数民族乐曲等文化因素，首先在金代统治的北方地区逐渐形成了一种新的诗歌形式，这就是散曲。由于产生在北方，散曲由此也称"北曲"。

散曲可以说是承继于"词"之后的"可唱"的诗体部分，从金末元初的几十年间，散曲处于以金代遗民为创作主体的"以词为曲"的阶段。

长短句 在唐代，长短句是一个诗体名词。所谓"长短句"有它们的特定意义，不能含糊地解释为"长短不齐"。在北宋时期，长短句是词的本名。北宋以后，长短句成为词的别名。

■《西厢记》插图

所谓"以词为曲",简单地说就是在词的形制中吸收了北方的俗语俚曲,正所谓"金元以来,士大夫好以俚语入词……同时诸调时行,即变为曲之始",或在北方的俗语俚曲中融入了词的某些艺术特色。也就是说,元代初期的散曲还刚刚从词和俚曲中脱胎出来。

散曲兼有词和曲的特色,"说它是曲,它的韵味却更像词;说它是词,它的面貌却已是曲。"所以《乐府余论》中说:"宋元之间,词曲一也。"

散曲与词都是取长短句的形式,倚声填词,以语体化来适应自身的音乐性,因此有时也称散曲为"词余"。但是散曲的句式更为灵活自由,从一字句到几十字不等,伸缩性很大。这主要是由于散曲特有的"衬字"手段造成的。

衬字,即在句子本格之外所加的字,衬字根据需要可多可少,比起诗词字数的固定化是一种突破,能更细腻、更自由地表达复杂多变的感情。

另外,散曲的用韵较密,几乎句句都要押韵,且

用韵 即押韵,诗词歌赋中,某些句子的末一字用韵母相同或相近的字,使音调和谐优美。这些使用了同一韵母字的地方,称为韵脚。任何诗歌都要求押韵,这是诗歌同其他文学体裁的最大分别之一。

平上去三声可以通押。诗词的韵脚一般不能用重复的字，散曲的韵脚则不受此限制。

在语言上，诗词一般宜雅而忌俗、宜庄而忌谐，而散曲则雅俗皆可、庄谐杂出，具有口语化、通俗化、自然率真的倾向。

散曲的体制包括小令、套数两大类。小令是散曲的基本单位，又称"叶儿"。起源于词的"小令"，是单一的简短的抒情歌曲，常和五言和七言绝句，以及词中的小令，成为我国最好的抒情诗的一大部分。

小令的曲牌常是一个，但也有例外，那就是它有3种变体，一种是带过曲，如"沽美酒带过太平令""雁而落带过得胜令"等。

二是集曲，系取各曲中零句合而成为一个新调，如《罗江怨》，便是摘合了《香罗带》《皂罗袍》《一江风》的三调中的好句而成。最多者若"三十腔"，竟以30个不同调的摘句，合而成为一个新调。

三是重头小令，即以若干首的小令咏歌一件连续的或同类的景色或故事，如元人常以8首小令咏"潇湘八景"，以4首小令咏春、夏、秋、冬四景，或者竟以100首小令咏唱《西厢》故事等，每首的韵不同。

套数又称"散套""套

潇湘八景 相传为潇湘一带的湖南八处佳境，是："平沙落雁"的衡阳市回雁峰；"烟寺晚钟"的衡山县城北清凉寺；"潇湘夜雨"的永州城东；"山市晴岚"的湘潭与长沙接壤处的昭山；"江天暮雪"的橘子洲；"远浦归帆"的湘阴县城江边；"洞庭秋月"的洞庭湖；"渔村夕照"的桃源桃花源对岸。

■《西厢记》配画

曲""大令",是由若干支同一宫调的曲牌连缀而成的组曲,各曲同押一韵且连缀有一定的顺序,一般在结尾部分有尾声。

套数起源于宋大曲和唱赚,在南曲至少必须有引子、过曲,即尾声的3个不同的曲牌,始成为一套。在北曲则至少有一正曲及一尾声,但也有的套数无尾声。无论套数使用多少首曲牌,从首到尾,必须一韵到底。

正如词之为继于"乐府辞"之后的"可唱"的诗体的总称一样,散曲的曲调的来源,方面极广,包罗极多的不同的可唱的调子,不论是旧有的或者是新创的,本土的或者是外来的,宫廷的或者是民间的统统都有。在其间,旧有的曲调所占的成分并不是很多,大部分是新进入的"里巷之曲"与"胡夷之曲"。

金元之际,也包括元代初期的文人初作散曲,通常在创作方法上是"以词为曲";在体裁上是多作小令,对套数很少或根本不予涉及,更不涉足杂剧。

阅读链接

南曲是宋元时南方戏曲、散曲所用各种曲调的统称,用韵以南方语音为准,有平声、上声、去声、入声4类,叫作四声。音乐上用五声音阶,声调柔缓婉转,以箫笛等伴奏,明代初期亦用筝、琵琶等弦索乐器。南曲是相对于北曲而言的。

北曲流行于金元及明初,而南曲起源要较北曲为早,但流行却很晚,大约在元末明初的时候,南曲作家才出现,而这个时候,北曲已经成为金元诗人们的主要诗体。

虽然如此,但南曲和北曲最初的萌芽是同一的,即都是从"词"里蜕化出来的。无论是南曲还是北曲,在其本身的结构上,皆可分为两种不同的定式,那就是小令和套数。

元好问擅长自制曲牌创作

金代遗民是散曲的最初创作者,有元好问、王和卿、杜仁杰、刘秉忠、杨果、商道、商挺等作家,其中元好问、王和卿、杜仁杰是杰出的代表。

他们在由金入元后,介入散曲的创作。他们创作的散曲虽还没有摆脱词的韵味,成就较后来的散曲作家们也不算高,但对元曲发展的影响则是不可低估的。

元好问,字裕之,号遗山,今山西忻县人,是金代伟大的作家和史学家。元好问擅长诗文,在金元之际颇负众望,诗词风格沉郁,并多伤时感事之作。他的词内容广泛,风格多样,多反映国家灾难

元好问半身像

和人民不幸，抒发悲壮胸怀。

在散曲创作方面，元好问擅长自制曲牌，用词作的一些旧调创作成当时民间通俗的新曲，他的散曲"有《锦机集》，其《三奠子》《小圣乐》《松液凝空》皆自制曲"，按元徐世隆《遗山先生文集序》中的说法，是能够"用俗为雅，变故作新"。

元好问的双调《骤雨打新荷》是公认的北曲最早的名篇，它是元好问晚年与名公显贵们饮宴酬酢时所作：

绿叶阴浓，遍池亭水阁，偏趁凉多。海榴初绽，朵朵簇红罗。老燕携雏弄语，有高柳鸣蝉相和。骤雨过，珍珠乱撒，打遍新荷。

人生百年有几，念良辰美景，休放虚过。穷通前定，何用苦张罗？命友邀宾玩赏，对芳樽浅酌低歌。且酩酊，任他两轮日月，来往如梭。

元好问的这首曲子清丽畅达，意趣隽永，清代诗人朱彝尊称此曲"风流儒雅，百世之下犹想之"。上曲写景，下曲抒怀。上曲先用大笔渲染出一片生机勃勃的盛夏景色，红绿相衬，动静结合，声形并茂，然后用一场"骤雨"点睛，既添凉意，又填清新。

下曲主要抒写了命运前定、及时行乐的情怀，虽然显得有

元曲插图

些消沉，但一句"何用苦张罗"也隐隐透出作者对官场险恶的痛感与厌恶。

曲牌名《骤雨打新荷》是以曲中"骤雨过，珍珠乱撒，打遍新荷"而拟。曲调与宋词《大圣乐》韵段、词式多有相类，可能是用《大圣乐》翻作的"新声"，也正由于这个原因，这首曲子又被冠以《小圣乐》名之。

其他如《仙吕·后庭花破子》《黄钟·人月圆》，体制与韵式皆与词相同，是"亦词亦曲"的典型代表，与后来纯粹的散曲相比，表现出明显的"以词为曲"的特征。

《喜春来·春宴》是元好问"亦词亦曲"中倾向散曲中较为纯粹的一首，每首皆以"唱喜春来"结句，复咏本题：

■《骤雨打新荷》配画

骤雨打新荷 曲牌名，又是词牌名，又名《小圣乐》《入双调》，因元好问曲中"骤雨过，珍珠乱撒，打遍新荷"几句脍炙人口，曲牌便被后人习惯称为《骤雨打新荷》。旧谱亦编入词调。双调95字，前段10句三平韵、一叶（xié）韵，后段10句四平韵。

春盘宜剪三生菜，春燕斜簪七宝钗，春风春酝透人怀。春宴排，齐唱喜春来。

梅残玉靥香犹在，柳破金梢眼未开，东风和气满楼台。桃杏拆，宜唱喜春来。

梅擎残雪芳心奈，柳倚东风望眼开，温柔樽俎小楼台。红袖绕，低唱喜春来。

携将玉友寻花寨，看褪梅妆等杏腮，休随刘阮到天台。仙洞窄，且唱喜春来。

这是一组以梅比喻少女的散曲。写春天到来时，作者喜悦的心情，从曲的内容看，是作者退隐故乡之后所写。曲文充满春天的生机和欢乐的气氛，调子舒畅而和谐，在欢乐中透露出作者的政治抱负。

这4首曲作清新婉约，丽而不绮，纤而不佻，别具风致。通过拟人写梅花凋谢。古代文人多用残、破以形容年轻女子初尝情事或合欢甜蜜后的一种情状，看似婉约含蓄，实则直露通俗。

元好问的这首散曲正是元曲"直""俗"特点在早期的一种体现，因此说，这首曲子开了元曲风格之先河。尽管整首曲子的精神和韵味还是词，可毕竟向曲跨出了关键性的一步。

阅读链接

元好问、杜仁杰、王和卿等人是金代遗民的代表。他们虽是金代遗民，但入元后仍是往来于上流社会的名公，基本没有生活之累。

在元代这样的特殊大背景下，元代人的生活是寂寞的，他们互相沟通的时候很少，特别是元好问这样的特殊人物，没有多少人能够走进他们的内心，懂得他们的心理。因此，渴望热闹的场面，渴望在场面中相互沟通，成了那时人们的普遍愿望，同时，也是元好问的愿望。

元好问的《喜春来·春宴》就是这种愿望和心理的产物。作者连用4首散曲表达了渴望春天，渴望与友人相会的欢乐场景，曲中用"春宴排""桃杏拆""红袖绕"和"仙洞窄"等富有诗情画意的场景，表达了与朋友们相处在一起的欢快、情感交流的愉悦，间接地表达了对美好生活的追求。

王和卿独树一帜的散曲

王和卿，河北大名人，他与大戏曲家关汉卿是同时代人，但比关汉卿离世早。据说两人相交甚好，元代陶宗仪《南村辍耕录》记载："时有关汉卿者，亦高材风流人也，王常以讥谑加之，关虽极意还答，终不能胜。"明朱权《太和正音谱》将王和卿列于"词林英杰"150人之中。

王和卿是金元之际最重要的散曲家，也是散曲"打油体"的代表，现有散曲小令21首，套曲2篇及残曲［黄钟·文如锦］，保存在《太平乐府》《阳春白雪》《词林摘艳》等集中。

王和卿性格乐观豁达，为人诙谐，喜欢戏谑，其散曲也多具"滑

王和卿画像

■ 花蝶图

稽佻达"的艺术风格。陶宗仪在《南村辍耕录》中说他"滑稽佻达，传播四方"。

王和卿在元初散曲家中表现出独树一帜的"风采"，他在选材上以丑作乐，在意趣上以俗为归，语言也多浅俗刻薄，对元曲浅白本色的语言风格的形成产生了深刻的影响。

王和卿"滑稽佻达"的性格在他的散曲作品中有所反映，其中尤以［仙吕·醉中天］《咏大蝴蝶》最为突出，同时，这首曲子也是王和卿最为知名的代表作：

> 弹破庄周梦，两翅驾东风，三百座名园，一采一个空。谁道风流种，唬杀寻芳的蜜蜂。轻轻飞动，把卖花人搧过桥东。

大意是：挣破了那庄周的梦境，到现实中，硕大的双翅驾着浩荡的东风。把300座名园里的花蜜全采了一个空，谁知道它是天生的风流种，吓跑了采蜜的蜜蜂。翅膀轻轻扇动，把卖花的人都扇过桥东去了。

曲子让人容易由蜂蝶采花联想到情场艳事，滑稽诙谐之趣也便油然而生。同时，一只蝴蝶被夸张得如此硕大、风流和强悍，也给人滑稽诙谐之感。

庄周 一般指庄子。战国时期著名思想家、哲学家、文学家，道家学说的主要创始人之一，是道家创始人老子思想的继承和发展者，后世将他与老子并称为"老庄"。他们的哲学思想体系被思想学术界尊为"老庄哲学"。代表作品为《庄子》以及名篇《逍遥游》《齐物论》等。

此曲综合运用了想象、夸张、比喻、象征的艺术手法，荒诞滑稽地写出了一个超级"风流种"所具有的非凡神力，作者擅用夸饰之巧譬善喻，运用"庄周梦蝶"的故事，将现实世界转化为想象天地，以"弹破庄周梦"破题，运用"物化"承转的自由观念，赋予"大蝴蝶"神秘的色彩，开拓想象的意涵与空间。

另外则以"两翅驾东风""轻轻飞动""把卖花人搧过桥东"等句夸饰其翅，隐含《逍遥游》之趣。此蝴蝶颇有"翼若垂天之云"之大鹏鸟的意象，在转化后，其形轻巧逍遥，惊破现实，将采蜜的蜂惊吓煞，以卖花为生的人被扇过桥东，犹不知所以，充分表现元曲谑浪诙谐之趣。

此曲语言诙谐风趣，生动幽默，具有民间歌谣活泼而有生气的精神，也有比较醇厚的俗谣俚曲色彩。

晚明著名曲学家王骥德《曲律·论咏物第二六》就特别推崇欣赏散曲创作中这样一种非是而是、不粘著于物的开篇技巧。

《曲律·论咏物第二六》中说："元人王和卿《咏大蝴蝶》……只起一句，便知大蝴蝶。下文势如破竹，无一句不是俊语！"

王骥德有一首散曲〔拨不断〕《大鱼》，也以神奇的想象、惊人的夸张、通俗的语言，诙谐地夸写大鱼胜过神鳌的伟力，与〔仙吕·醉中

庄周梦蝶

天]《咏大蝴蝶》有异曲同工之妙：

> 胜神鳌，夯风涛，脊梁上轻负着蓬莱岛。万里夕阳锦背高，翻身犹恨东洋小。太公怎钓？

此大鱼"翻身犹恨东洋小。太公怎钓"，使人联想到这是沦落到社会底层的文人们自身行为的一种无奈的解嘲与解脱，充分地体现其玩世不恭的文人气质。

王和卿抹去了传统文学的高雅光环，毫无顾忌把最粗俗的题材引入散曲，如《王大姐浴房吃打》《咏秃》《胖妓》，以及《绿毛龟》《长毛小狗》这些传统文学向来不取的世俗景态，即使用"俗人"之眼观之，恐怕也是"丑"，却被王和卿摄入曲中。

王和卿将滑稽调侃之风以及"丑恶"之物等不同于传统诗歌的"本色"成功地摄入曲中，达到了一定的高度，正说明这种风格乃是一种时代的文学之潮，是值得推崇和借鉴的。

阅读链接

王和卿的[仙吕·醉中天]《咏大蝴蝶》所歌咏的主体——大蝴蝶，确实曾见于燕市，因此元代人陶宗仪《南村辍耕录》卷二十三道："中统初，燕市有一蝴蝶，其大异常。"王赋《醉中天》小令云："弹破庄周梦，两翅驾东风。三百处名园，一采一个空。谁道风流种，唬杀寻芳的蜜蜂。轻轻地飞动，把卖花人搧过桥东。"由是其名益著。

此曲并不完全是作者自况风流之作，亦是元代社会现实一类现象的隐喻象征，"大蝴蝶"乃当时"权豪势要""花花太岁""浪子丧门"的化身，"三百座名园，一采一个空"之句，也正是作家关汉卿笔下鲁斋郎、葛皇亲、杨衙内等糟蹋妇女的真实反映和写照。

蓬勃发展 元散曲繁

从1267年,开始扩建元大都至1321年的50多年间,是元曲发展的黄金时期,著名作家有关汉卿、白朴、卢挚、姚燧、王恽、马致远等。"元曲四大家"关汉卿、白朴、马致远、郑光祖,这一时期出现了三位。

这一时期又可分为始盛期和鼎盛期。始盛期,是元曲刚从民间的通俗俚语进入诗坛,有鲜明的通俗化、口语化的特点和豪放爽朗、质朴自然的情致。

鼎盛期,元曲的创作中心向江南转移,始盛期的作家大都还在从事创作,而且卢挚、马致远等一批散曲大家进入创作高峰期,并且元曲的创作开始出现一定的雅化倾向。

关汉卿辉煌灿烂的成就

元曲大师关汉卿雕像

关汉卿号已斋、已斋叟。他性格秉直,由金入元,"不屑仕进"。关汉卿擅长杂剧、散曲创作,在曲作方面取得了辉煌的成就,他的散曲丰富多彩,既有"豪辣灏烂"之作,又多妖娇婉丽之语,对元散曲的发展起到了至关重要的作用。

关汉卿在元代至元年间、大德初年活跃于大都的杂剧创作圈,是玉京书会里赫赫有名的书会才人。他和杂剧作家杨显之非常交好,与戏曲名家梁进之是"故友",又与性格"滑稽佻达"的散曲家王和卿来往密切,与艺人歌妓亦有相当亲密的接触。

关汉卿创作了很多曲作,流传下来的散曲有57首、套数13套,内容主要是自述身世、直抒胸臆;描写男女恋情,抒发离愁别恨;描绘世俗物景,抒写闲适之意等。

关汉卿在元代初年严酷的现实下,虽然寄情于戏剧、散曲等文学创作,但内心却是十分苦闷的,[南吕·一枝花]《不伏老》所表现的是关汉卿思想的一个侧面:

■ 元代奏乐壁画

[尾]我是个蒸不烂、煮不熟、捶不匾、炒不爆响当当一粒铜豌豆。恁子弟每谁教你钻入他锄不断、斫不下、解不开、顿不脱慢腾腾千层锦套头。我玩的是梁园月,饮的是东京酒,赏的是洛阳花,攀的是章台柳。我也会围棋,会蹴鞠,会打围,会插科,会歌舞,会吹弹,会咽作,会吟诗,会双陆。你便是落了我牙,歪了我口,瘸了我腿,折了我手,天赐与我这般儿歹症候,尚兀自不肯休。则除是阎王亲自唤,神鬼自来勾,三魂归地府,七魄丧冥幽。天那,那其间才不向烟花路儿上走。

杂剧 唐代时泛指歌舞以外诸如杂技等各色节目。到了宋代,杂剧逐渐成为一种新表演形式的专称,包括歌舞、音乐、调笑、杂技,它分为三段:第一段称为"艳段",表演内容为日常生活中的熟事,作为正式部分的引子;第二段是主要部分,大概是表演故事、说唱或舞蹈;第三段叫散段,表演滑稽、调笑,或间有杂技。三段各一内容,互不连贯。

豫剧《赠朱帘秀》剧照

此曲重彩浓墨，层层晕染，集中而又夸张地塑造了浪子的形象，可谓作者的一份"浪子"宣言，曲中作者历数自己的多才多艺，却又刻意渲染出放荡游戏和玩世不恭的人生态度，内里是对当时压抑人才的社会的抗议与挑战，是以他为代表的书会才人的精神写照。

此曲在艺术上也很有特色。曲中一系列短促有力的排句，节奏铿锵，具有精神抖擞、斩钉截铁的意味。全曲把衬字运用的技巧发挥到了极致，如首两句，作者在本格七、七句式之外，增加了39个衬字，使之成为散曲中少见的长句。

而这些长句，实际上又以排列有序的一连串三字短句组成，从而给人以长短结合舒卷自如的感觉。这种浪漫不羁的表现形式，恰能表达浪漫不羁的内容，以及风流浪子无所顾忌的品性。

关汉卿经常活动于歌伎舞女之间，与地位低微的伶人惺惺相惜，与当时著名杂剧演员朱帘秀、顺时秀，以及朱帘秀的弟子赛帘秀、燕山秀及侯耍俏、黑驹头等都有亲密的接触，特别是与朱帘秀的交往最为密切。

〔南吕·一枝花〕《赠朱帘秀》是一首充满深情的寄赠之作：

> 〔一枝花〕轻裁虾万须，巧织珠千串。金钩光错落，绣带舞蹁跹。似雾非烟，妆点就深闺院，不许那等闲人取次展。摇四壁翡翠浓阴，射万瓦琉璃色浅。
>
> 〔梁州〕富贵似侯家紫帐，风流如谢府红莲，锁春愁不放双飞燕。绮窗相近，翠户相连，雕栊相映，绣幕相牵。拂苔痕满砌榆钱，惹杨花飞点如绵。愁的是抹回廊暮雨萧萧，恨的是筛曲槛西风剪剪，爱的是透长门夜月娟娟。凌波殿前，碧玲珑掩映湘妃面。没福怎能够见？十里扬州风物妍，出落着神仙。

顺时秀 元朝的一位杂剧演员，原名郭顺卿，因排行第二，故人称郭二姐。扮旦角，擅长于表演闺怨和宫廷生活戏。歌喉动作，有"金簧玉管、凤吟鸾鸣"之美誉。

■ 豫剧《赠朱帘秀》剧照

豫剧《赠朱帘秀》剧照

[尾]恰便似一池秋水通宵展,一片朝云尽日悬。你个守户的先生肯相恋,煞是可怜,则要你手掌里奇擎着耐心儿卷。

此曲表面上是歌咏珠帘的秀美,实际上暗用谐音,礼赞朱帘秀的才情技艺与绰约风姿,更表达自己对这位杂剧名家的倾慕和爱恋。此曲俊语如珠,美艳绝伦。

关汉卿散曲中,男女恋情的题材有很多,且占据了重要地位,这类曲作写得"深刻细腻",且"浅而不俗,深而不晦",雅俗共赏,尤以刻画女子细腻微妙的心理活动和生动传情的神态见长,如[正宫·白鹤子]:

花边停骏马,柳外缆轻舟。湖内画船

> **生查子** 原唐教坊曲,后用为词调。双调,40字,上下片格式相同,各两仄韵,上去通押。各家平仄颇有出入,与作仄韵五言绝句诗相仿。多抒怨抑之情。又名《相和柳》《陌上郎》《梅溪渡》《遇仙楂》《愁风月》《绿罗裙》《楚云深》《晴色入青山》。

交，湖上骅骝骤。鸟啼花影里，人立粉墙头。春意两相牵，秋水双波溜。香焚金鸭鼎，闲傍小红楼。月在柳梢头，人约黄昏后。

曲作犹如一首小诗，轻灵隽永，使人感到似有泪珠儿在女子眼中闪烁。"月在柳梢头，人约黄昏后"化用欧阳修《生查子·元夕》："月上柳梢头，人约黄昏后"词句，意境幽美。

再如〔双调·大德歌〕4首中的一首：

俏冤家，在天涯，偏那里绿杨堪系马。困坐南窗下，数对清风想念他。蛾眉淡了教谁画？瘦岩岩羞带石榴花。

豫剧《赠朱帘秀》剧照

开头就是"俏冤家"这个极其亲昵的称呼，少妇对远方情人的爱恋之切、思念之切、疑虑幽怨之情尽数而出，也表达了对往日美好恩爱生活的回味。就全篇来说，可谓点睛之笔。

关汉卿也有描写直露的艳情散曲，写得大

■ 关汉卿雕像

胆快意,放情恣肆,如〔仙吕·一半儿〕《题情》:

云鬟雾鬓胜堆鸦,浅露金莲簌绛纱,不比等闲墙外花。骂你个俏冤家,一半儿难当一半儿耍。

碧纱窗外静无人,跪在床前忙要亲。骂了个负心回转身。虽是我话儿嗔,一半儿推辞一半儿肯。

银台灯灭篆烟残,独入罗帏淹泪眼。乍孤眠好教人情兴懒!薄设设被儿单,一半儿温和一半儿寒。

多情多绪小冤家,迤逗的人来憔悴煞。说来的话先瞒过咱,怎知他,一半儿真实一半儿假。

用市井口语和泼辣俚语,将男子的急躁与莽撞、女子的爱怨与娇嗔刻画得惟妙惟肖、神形毕现。

关汉卿的有些散曲,反映了他追求适意的人生哲学。这种适意,不是简单的纵情山水、遥寄田园,而是带有经历了时代沧桑巨变后的理性思索。

关汉卿在〔南吕·四块玉〕《闲适》中对这种适

> **市井** 含有"街市、市场"之意。它所产生的市井文化是一种生活化、自然化、无序化的自然文化,是指产生于街区小巷、带有商业倾向、通俗浅近、充满变幻而杂乱无章的一种市民文化,它反映了市民真实的日常生活和心态。

意做出了形象的描绘：

> 旧酒投，新醅泼，老瓦盆边笑呵呵，共山僧野叟闲吟和。他出一对鸡，我出一个鹅，闲快活。

曲作描写了作者同山僧野叟的吟诗唱和，语言通俗易懂，形象鲜明生动，感情真挚脱俗。

关汉卿的散曲成就是多方面的，既有豪放泼辣之作，又多蕴藉婉丽、美艳娇娆之语，表现出蕴藉风流的个性特点，其蕴藏在作品中的风格和风骨对后来的散曲作家们影响巨大。

阅读链接

元代时，儒家思想依然笼罩朝野。在文坛，雅文学虽然逐渐失去往日的辉煌，但它毕竟余风尚炽，而俗文学则风起云涌，走向繁荣。关汉卿生活在这样的历史阶段，他的戏剧创作和艺术风貌便呈现出鲜明而驳杂的特色。

一方面，他关心民生疾苦，对大众文化十分热爱；另一方面，在建立社会秩序的问题上，他认同儒家仁政学说，甚至还流露出对仕进生活的向往。

就关汉卿全部文学创作的风格而言，既不全俗，又不全雅，而是俗不脱雅，雅不离俗。就创作的态度而言，他既贴近下层社会，敢于为人民大声疾呼，却又不失厚人伦、正风俗的儒学旨趣。

他是一位勇于以文学创作来干预生活积极入世的作家，又是一位倜傥不羁的浪子，还往往流露出在现实中碰壁之后解脱自嘲、狂逸自雄的心态。

姚燧自成一家的散曲创作

姚燧,字端甫,号牧庵,祖籍营州柳城,后迁河南洛阳。在3岁时,父母就离世了,由伯父元初名臣、理学家姚枢养大成人,曾拜名儒许衡为师。

姚燧画像

姚燧身历元世祖、成宗、武宗、仁宗4个朝代,仕途一帆风顺,历任大司农丞、江东廉访使、江西行省参知政事、太子宾客、太子太傅等职。

姚燧以文著名,明宋濂撰《元史》,称其为"为文宏肆该洽,豪而不宕,刚而不厉,春容盛大,有两汉风,宋末弊习为之一变"。

姚燧的散曲存小令29首,套数1套。内容主要有言志抒怀、写景咏物和男女风情3类，内容丰富多姿，曲风以豪放见长，又多格并存。抒发心志之作有踌躇满志时的豪情，有豁达参悟后的感喟，亦有向往隐逸的情思，豪迈洒脱，磅礴大气。

■《元史》书籍

描摹咏叹之作有清风晓月的素雅，有"烟笼浅沙"的淳朴，亦有舟拨涟漪的情趣，古朴清雅，富于机趣。男女风情之作有千里相思的缠绵，有依依惜别的眷恋，亦有似嗔还喜的娇羞，清新雅致，风流蕴藉。其早年作品［中吕·阳春曲］便是抒发个人情怀的代表：

墨磨北海乌龙角，笔蘸南山紫兔毫，花笺铺展砚台高。诗气豪，凭换紫罗袍。

这首曲借助所用笔墨纸砚的珍奇名贵，表达所作诗文的非同一般，作者对自我才能的高度自信与博取功名的豪情壮志在曲中溢于言表。

［双调·寿阳曲］《咏李白》是展现作者豪放气韵的代表作：

贵妃亲擎砚，力士与脱靴。御调羹就

宋濂（1310~1381年），字景濂，号潜溪，别号玄真子、玄真道士、玄真遁叟。元末明初文学家，曾被明太祖朱元璋誉为"开国文臣之首"，学者称太史公。他的代表作品有《送东阳马生序》《朱元璋奉天讨元北伐檄文》等。

■ 李白脱靴饮酒

飡不谢。醉模糊将吓蛮书便写，写着甚杨柳岸晓风残月。

诗仙李白本清高孤傲，不侍权贵。作者将贵妃捧砚磨墨、高力士脱靴解袜、唐玄宗御手调羹及太白醉草吓蛮书这四件逸事合写，突出了诗仙豪迈奔放的个性和傲视权贵的气度。

这首小令末句尤奇，明明写的是风月旖旎的内容，却被番使惊为示威的天书，为之折服。姚燧此曲借咏李白来抒发自己意气风发的豪情，纵横捭阖，充满谐趣。

姚燧的言志感怀之作往往有一种矛盾的心理，既有志于功名，也向往宁静闲适，〔中吕·满庭芳〕就表现了这一矛盾的心理：

满庭芳 词牌名，又名《锁阳台》《满庭霜》《潇湘夜雨》《话桐乡》《满庭花》等。双调为95个字，前片四平韵，后片五平韵。过片二字，亦有不叶韵连下为五言句者，另有仄韵词，仄韵者……

天风海涛，昔人曾此，酒圣诗豪。我到此闲登眺，日远天高。山接水茫茫渺渺，水连天隐隐迢迢。供吟笑，功名事了，不待老僧招。

这首小令是登高眺望大海之作。全曲写阔大场景，不屑于细小节目，很有气魄，很有境界。但文人气息甚浓,不像散曲,而更像一首豪放派笔下的词。这正是上层文人散曲的特点。

"日远"引用东晋明帝"日近长安远"的典故,喻指向往京师而不能达到,"天高"则用杜甫"天意高难问,人情老易悲"的诗意,表达壮志未酬之慨。

在姚燧的思想中,仕途和归隐的想法都有,但是仕途的思想是占上风的,随着年龄的增大,姚燧归隐林泉之念变得越来越强烈了,如[中吕·醉高歌]《感怀》:

> 十年燕月歌声,几点吴霜鬓影。西风吹起鲈鱼兴,已在桑榆暮景。

全曲对仗工整,以平淡俭省的语言概括了几十年的人生得失,进而引用典故,抒发了归隐之思。此曲苍凉古雅,诗味浓厚,惆怅之情、迟暮之感纷至沓来,充分体现了姚燧"一以经史为师,淡丽而不谀,奥雅而雄深"的行文理念。

姚燧的一些写景的散曲,清新可爱,比如[双调·拨不断]《四景》四首其二:

醉高歌 曲牌名,又称《最高歌》。四句,句式为六六七六,押三平仄韵。也可句句入韵。可带《红绣鞋》为带过曲。第二、四句首字以用仄声字为佳。

■《感怀》配画

芰荷香，露华凉，若耶溪上莲舟放。岸上谁家白面郎，舟中越女红裙唱，逞娇羞模样。楚天秋，好追游，龙山风物全依旧。破帽多情却恋头，白衣有意能携酒，好风流重九。

姚燧散曲在描写男女风情、离愁别绪方面亦极具特色。风流蕴藉，清秀婉丽，在刻画人物心理上堪称一绝，如［越调·凭阑人］《寄征衣》：

欲寄君衣君不还，不寄君衣君又寒。寄与不寄间，妾身千万难。

这首小令在构思上的主要特点是通过对闺妇在寒冬到来时给远方征人寄军衣的矛盾心理的刻画，表现了妇人的复杂微妙的心理，寄与不寄都渗透了深挚的感情。

山水画馆——春泉小隐

姚燧以浅白的口语把少妇思念与体贴丈夫的心情表达得极其委曲与深刻。文字直白，感情丰厚，平中见奇，堪称大家手笔。

姚燧写与人话别的小令还注重离别情景的描写，通过截取具有诗情的画面，把刹那间的澎湃相思、愁肠百结等意态生动地表现出来，如［中吕·醉高歌］《感怀》：

岸边烟柳苍苍，江上寒波漾漾。阳关旧曲低低唱，只恐行人断肠。

此曲开头两句通过"烟柳"与"寒波"写江边苍茫的景色，衬托与友人难离难舍的悲怆。后两句是写送行人唱曲的心境。小曲写得情景交融，含蓄而有韵味，构思精巧。

姚燧写情的散曲中，有一些非常俚俗，构思也出人意表，如套数［双调·新水令］《冬怨》中的［太平令］和［尾声］：

悔当日东墙窥宋，有心教夫婿乘龙。见如今天寒地冻，知他共何人陪奉？想这厮指空、话空、脱空，巧舌头将人搬弄。

［尾声］ 这冤仇怀恨千钧重，见时节心头气拥。想盼的我肠断眼睛儿穿，直揾的他腮颊脸儿肿！

姚燧在散曲中书写深沉的人生感悟和高雅的志怀，表现出传统士大夫的思想情趣，风格豪迈浑厚，又"不能设一格待之"，反映了他散曲的多样性。

阅读链接

姚燧喜爱游历山水。在《别丁编修序》中，他说："自历荆宪至今，其间望舒二十四弦晦。居府者三之一，而水陆舟马周历乎澧峡、归、鼎五州七县者反居三之二焉。其于江山之清驶奇峭，人才之标特秀异，实若富于心中。"

在《圣元宁国路总管府兴造记》中，他又说："燧思士生文轨混同之时，亦千载之旷遇，江山之形胜，风土之微恶，民俗之浇淳，必一就观。"

姚燧一生南北迁徙数次，足迹几乎遍布全国。可以考知的有长沙、武昌、龙兴、九江、彭蠡、铜陵、湖口、岳阳、金陵、杭州、旌德、江州、会稽、吴城、扬州等地，其中武昌、龙兴、吴城等他都到过多次。

秀丽多姿的山水风光和丰富多彩的民俗风情不但扩大了他的视野，丰富了他的社会阅历，也陶冶了他的情操和品格。在游历中，姚燧留下了大量的文学作品，也使他的散曲小令带上了民间色彩。

马致远丰富多样的创作

马致远,字千里,汉族人,元代大都,即今北京人。晚年号东篱,以示效归隐名士陶渊明之志。马致远早年热衷于功名,但他的仕途却并不如意,所任最高官职是从五品的江浙行省务官。

马致远塑像

元代山水画

马致远杂剧、散曲双绝。他长期沦落于市井之中,在大都加入了元贞书会,成为一名致力于元曲创作的才人。

马致远的散曲流传下来的有小令104首,套数17套,保存在辑本《东篱乐府》中。马致远是撰写散曲的高手,是元代散曲大家,有"曲状元"之称。

他的叹世之作能挥洒淋漓地表达情性,在元代散曲作家中,被看作豪放派的主将,虽然也有清婉的作品,但以疏宕宏放为主,他的语言融诗词与口语为一炉,创造了曲的独特意境。

在马致远愤世嫉俗、抑郁难平的心绪下,创作了表现愤世嫉俗之作,如著名的[双调·夜行船]《秋思》;描写自然景物之作,如[越调·天净沙]《秋思》,都直接或曲折地表现了一个知识分子在黑暗社会怀才不遇、厌弃世事、消极隐居的情绪。

他的套数以[般涉调·耍孩儿]《借马》最为有名,作品塑造了一个爱马如命的吝啬者的形象,特别是对这一形象的心理刻画,非常细腻深刻,富有讽刺意义。

愤世嫉俗、心绪难平之气充溢于作品的字里行间,如"夜来西风里,九天雕鹗飞,困煞中原一布衣。悲,故人知未知?登楼意,恨无上天梯!""叹寒儒,谩读书,读书须索题桥柱,题柱虽乘驷马车,乘车谁买《长门赋》,且看了长安回去。"

这些话从表面上看,是作者抒发英雄末路之悲、壮志未酬之叹,更深层的意蕴则是发泄意愿在现实中无法实现的悲愤。

马致远还有一类散曲多慨叹世事、感悟人生、抒写情怀,较为典型者如套曲〔双调·夜行船〕《百岁光阴》:

> **夜行船** 词牌名,此调55字,以欧词为正体;56字,以史词为正体;58字者,以赵词为正体。其余或摊破句法、或句读参差、或添韵、或添字,皆变格也。此词前段起句6字,前后段第三句皆7字,两结句皆7字。有欧词别首及毛滂、谢绛词可校。

百岁光阴一梦蝶,重回首往事堪嗟!今

■ 《百岁光阴》配画之一

山水诗意图

日春来，明朝花谢，急罚盏夜阑灯灭。

［乔木查］想秦宫汉阙，都做了衰草牛羊野。不恁么渔樵无话说。纵荒坟横断碑，不辨龙蛇。

［庆宣和］投至狐踪与兔穴，多少豪杰。鼎足虽坚半腰里折，魏耶？晋耶？

［落梅风］天教富，莫太奢，无多时好天良夜。富家儿更做道你心似铁，争辜负锦堂风月？

［风入松］眼前红日又西斜，疾似下坡车。晓来清镜添白雪。上床与鞋履相别。休笑巢鸠计拙，葫芦提一向装呆。

［拨不断］利名竭，是非绝。红尘不向门前惹，绿树偏宜屋角遮，青山正补墙头缺，更那堪竹篱茅舍。

［离亭宴煞］蛩吟罢一觉才宁贴，鸡鸣时万事无休歇，何年是彻？看密匝匝蚁排兵，乱纷纷蜂酿蜜，急攘攘蝇争血。裴公绿野堂，陶令白莲社。爱秋来时那些：和露摘黄花，带霜烹紫蟹，煮酒烧红叶。想人生有限杯，浑几个重阳节？人问我顽童记者：便北海探吾来，道东篱醉了也。

此曲雅俗兼备，意蕴深邃，抒发了作者的人生感悟和疏放情怀，被誉为元代套曲"万中无一"的压卷之作。

这里描绘了两种人生境界：一是奔波名利，二是陶情山水。名利场中的污浊丑陋与田园的高雅旷达，形成了鲜明的对比。

作者坚定地选择了后者，将诗酒还有湖山的恬静闲适作为人生的归宿，这表明了作者彻悟之后对现实的否定，同时在表面的放逸潇洒之下仍然激荡着愤世嫉俗的深沉感情。

全套将人与景、雅与俗、情与理融为一体，深切透辟，意蕴悠长，生动感人，成为散套创作史上的一座高峰，标志着文人对套曲的创作已发展到了一个新的阶段，因而被誉为元曲散套中的"绝唱"。

马致远散曲的艺术成就一向受到赞许，题材广泛，语言本色，形象性强。除叹世的作品外，还有许多写景的文章。这是当他认清了官场的功名利禄都

绝唱 原指诗文创作达到最高造诣，后引申为各种创作体裁达到最高水平。"史家之绝唱，无韵之离骚"是对司马迁《史记》的评价。

■ 《百岁光阴》配画之三

不过是"繁华一梦"后，逐渐把田园生活当作自己的归宿后，致力于创作的结果。

集中表现其田园闲适生活的是〔南吕·四块玉〕《恬退》和〔双调·清江引〕《野兴》、套曲〔般涉调·哨遍〕《半世逢场作戏》等。看〔双调·清江引〕八首中的两首：

> 林泉隐居谁到此，有客清风至。会作山中相，不管人间事。争甚么半张名利纸！
>
> 东篱本是风月主，晚节园林趣。一枕葫芦架，几行垂杨树。是搭儿快活闲住处。

曲作高度赞美了田园诗意的生活，并表达了自己对田园生活的热爱和向往。

马致远写景之作清俊闲适，虽寥寥数笔，然意境无穷。其笔下的景象多有一种世俗生活的气息，如〔双调·寿阳曲〕《远浦归帆》：

> 夕阳下，酒旆闲，两三航未曾着岸。落花水香茅舍晚，断桥头卖鱼人散。

■《恬退》配画

再如［越调·天净沙］《秋思》：

《秋思》配画

枯藤老树昏鸦，小桥流水人家，古道西风瘦马。夕阳西下，断肠人在天涯。

曲作把枯藤、老树、昏鸦、小桥、流水、人家、古道、西风、瘦马九种景物集中在一起，未加描述，已把秋日傍晚的苍凉意境表现无遗，语言是本色的，意境是深远的，此作被称为"秋思之祖""纯是天籁""万中无一""一时绝唱"。

马致远不仅写景之作清新淡雅，其描写恋情的作品也充满活泼的生活情趣，如［双调·寿阳曲］《无题》二十三首是其情词的代表，看下面几首：

相思病，怎地医？只除是有情人调理。相偎相抱诊脉息，不服药自然圆备。

蔷薇露，荷叶雨，菊花霜冷香庭户。梅梢月斜人影孤，恨薄情四时辜负。

因他害，染病疾，相识每劝咱是好意。相识若知咱就里，和相识也一般憔悴。

这组小令描写了女主人公对羁旅他乡的情人的深切怀念，文笔生动传神，不落俗套，感情深挚动人。文句浅显易懂，雅俗共赏。

马致远也作有极风趣的谐俗之作，如套曲〔般涉调·耍孩儿〕《借马》，以严肃不拘的笔法，通过生动诙谐的细节描写和细腻的心理描摹，刻画了一位爱马如命的小市民的吝啬形象，曲中虽有嘲戏却无鄙薄轻蔑，其意就是从民间世俗撷取生活情趣。

马致远的散曲成就很高，有说它"典雅清丽"的，有说它"老健锐锋"的，还有说它"放逸宏丽"的，总之，马致远的散曲题材是多样性的，成就是多方面的，是散曲史上的一座高峰。

除关汉卿、白朴、马致远、卢挚、姚燧等散曲大家为散曲的发展做出卓越的贡献外，还有一些名气和成就不如他们的散曲作家，也以他们的创作为散曲的发展做出了一定的贡献，散曲的繁荣发展同样也离不开他们的付出。杨果、刘秉忠、商道、商挺、庾天锡是他们中的佼佼者。

阅读链接

元初，需要大量人才去管理江南大片土地和财富，尤其是理财，这不是元代统治者所擅长的，因此，元朝廷招募大量汉人从事这一工作。省务官，即为掌税收之官，从五品。马致远大约就是这个时候应征为江淮行省务官而南下到杭州、扬州的。

但是省务官这个职务显然并不适合马致远，与他的理想更是相去甚远，马致远在曲中不断地感叹"空岩外，老了栋梁材"。马致远曾说自己"九重天，二十年，龙楼凤阁都曾见"。是指年轻时在大都求取功名。到了南方，这个江浙行省务官大概也只做了20年，最后辞官归隐了。这个时候，马致远大约50岁，此后的20多年，才是马致远散曲创作的黄金时期。

灿烂佳期 散曲辉煌

从1320年至1368年元朝灭亡，散曲创作进入了一个新的阶段。前期，关汉卿、白朴、卢挚、姚燧等散曲大家在1321年前后相继离世，张养浩、张可久、乔吉、徐再思、杨朝英、周德清、钟嗣成等后期代表曲家相继达到创作高峰，元曲创作中心也从以大都为中心的北方转移到以杭州为中心的江南。

这一时期，不但散曲创作再续前期的辉煌，而且出现了散曲的文献整理、理论总结等多种形式的元曲新成果，另外，这时，散曲的创作题材、写法、美学追求也都发生了很大的变化，形成独特成熟的曲风。

张养浩雅致化的散曲佳作

张养浩,字希孟,号云庄,自称齐东野人,山东济南人。张养浩少年知名,19岁被荐为东平学正,历官堂邑县尹、监察御史、翰林学士、礼部尚书、参议中书省事等官职。为官期间,抑制豪强,赈灾济贫,做了不少好事。

张养浩擅长写散曲,他的散曲题材广泛,但真正能体现其散曲影响的是那些数量不多的反映民生疾苦、忧国忧民的作品,从而把反映社会现实的重大题材引入散曲,拓宽了散曲的创作天地,成为散曲发展史上别开生面的独具魅力的一位重要作家。

张养浩散曲有小令161首,

元代官员蜡像

■ 元代青绿山水图

散套2套,大部分是罢官闲居之后所作,其创作高峰和代表作品大都在1321年归隐后的8年间。

张养浩为官一任,造福一方,他直言敢谏,关心百姓疾苦,这在其散曲作品中有一定的体现,其中最著名的是[中吕·山坡羊]《潼关怀古》:

> 峰峦如聚,波涛如怒,山河表里潼关路。望西都,意踌躇,伤心秦汉经行处,宫阙万间都做了土。兴,百姓苦!亡,百姓苦!

全曲分3层:前3句为第一层,写潼关雄伟险要的形势。如此险要之地,暗示潼关的险峻,乃为历代兵家必争之地,也由此引发了下文的感慨。4~7句为第二层,写从关中长安万间宫阙化为废墟而产生的深沉的感慨。末4句为第三层,写作者沉痛的感慨。

由于直言敢谏,张养浩得罪了当朝权贵被罢官,张养浩在回味官场的体验中冷静地思索历史和现实,进一步感悟到官场险恶。他在[双调·水仙子]中写道:

礼部 我国古代官署。南北朝北周始设。隋唐为六部之一。历代相沿。长官为礼部尚书。考吉、嘉、军、宾、凶五礼之用,管理科举考试及藩属和外国往来事。礼部下设四司,明清皆为,仪制清吏司,掌嘉礼、军礼及管理学务、科举考试,祠祭清吏司,掌吉礼、凶礼事,主客清吏司,掌宾礼及接待外宾事,精膳清吏司,掌筵飨廪饩牲牢事务。

中年才过便休官，合共神仙一样看，出门来山水相留恋。倒大来耳根清眼界宽，细寻思这的是真欢。黄金带缠着忧患，紫罗襕裹着祸端，怎如俺藜杖藤冠？

人到中年正是事业发达的时期，作者休官还乡，非但没有失落惆怅的感觉，反而充满由衷的喜悦。曲中道出了个中原委。仕途险恶，官场倾轧，身居其中，每时每刻如履薄冰。相比之下，布衣藤冠的乡村生活格外令人向往。

离开险恶的官场，回到风景秀丽的家乡，张养浩的心情十分愉快，他在［中吕·朝天曲］中写道：

■《朝天曲》配画

水仙子 北曲曲牌名，又称为《湘妃怨》《冯夷曲》《凌波曲》《凌波仙》等。双调，首两句宜对。六七句可作5字，宜对；亦可作两个4字句，与末句相配。兼作小令、套曲。也可带《折桂令》为带过曲。

挂冠，弃冠，偷走下连云栈，湖山佳处屋两间，掩映垂杨岸。满地白云，东风吹散，却遮了一半山。严子陵钓滩，韩元帅将坛，那一个无忧患。

张养浩在两次归隐闲居的8年间写下了大量体现隐居生活闲情逸致和歌咏田园风光的散曲作品，这类

散曲中,写得最多的就是对隐居美好生活的赞美和描述,如[中吕·喜春来]:

> 拖条藜杖山林下,无是无非快活煞,王侯卿相不如咱。兴来时斟玉斝,看天上碧桃花。翻腾祸患千钟禄,搬载忧愁四马车,浮名浮利待何如?枉干受苦,都不如三径菊四围书!

还有[双调·水仙子]《咏遂闲堂》:"绰然亭后遂闲堂,更比仙家日月长。高情千古羲皇上,北窗风特地凉,客来时樽酒淋浪。花与竹无俗气,水和山有异香,委实会受用也云庄!"

这类的作品,还有[双调·雁儿落带得胜令]、[双调·折桂令]《凿池》、[双调·水仙子]《咏江南》、[双调·殿前欢]《对菊自叹》等。

虽然归隐的生活是惬意而愉快的,但是,张养浩却无法完全放弃对国家社稷、对黎民苍生的社会责任,因此,当1329年关中大旱民不聊生,朝廷召他任陕西行台负责赈灾时,他在散尽家财后毅然登车赴任。对于此番再度出山,他在[南吕·西番经]

折桂令 曲牌名,属北曲双调。字数定格据《九宫大成谱》,正格是六、四、四、四、四、四、七、七、四、四,但是第五句以后可酌增四字句,或单用作小令,或用在双调套曲内。

■ 《对菊自叹》配画

中表白了自己的心迹：

《西番经》配画

> 天上皇华使，来回三四番，便是巢由请下山。取索檀，略别华鹊山。无多惭，此心非为官。

既然是"无多惭，此心非为官"，那么这位已经近古稀之年的老人所为的就只有庶民百姓了。

这次陕西任职救灾的时间不过短短的4个月，却成为他人生的一次重大转折，也成就了他散曲创作中的重大突破，即从抒发个人的隐逸闲情开始转向社会民生的重大题材。

张养浩在这短暂却意义非常的人生最后阶段，写出了其散曲创作中最有价值的作品，他的代表作小令〔中吕·山坡羊〕《潼关怀古》就是此时作品，又如〔中吕·喜春来〕中有：

> 亲登华岳悲哀雨，自舍资财拯救民，满城都道好官人。还自哂，比颜御史费精神。
>
> 路逢饿殍须亲问，道遇流民必细询，满城都道好官人。还自哂，只落的白发满头新。
>
> 乡村良善全生命，廛市凶顽破胆心，满城都道好官人。还自哂，未戮乱朝臣！

这些作品或记述他的善行义举,或表现他关注百姓的官德,或表现他惩处奸恶的官威,无论是哪一种,都体现了他以民为本的思想和亲民爱民的情感。

为了解除陕西大旱,张养浩曾"亲登华岳悲哀雨",祈祷上天降雨以救万民。也许是张养浩的诚意感动了苍天,就在他刚一到任就天降甘露,真是春夜喜雨,大旱问题转瞬间得到了圆满解决。于是张养浩喜不自胜,写了小令〔双调·得胜令〕《四月一日喜雨》:

万象欲焦枯,一雨足沾濡。天地回生意,风云起壮图。农夫,舞破蓑衣绿。和余,欢喜的无是处!

以及散套〔南吕·一枝花〕《咏喜雨》,看〔南吕·一枝花〕《咏喜雨》〔尾声〕就可知道张养浩的喜悦之情:

《四月一日喜雨》配画

［尾声］青天多谢相扶助，赤子从今罢叹吁。只愿的三日霖霪不停住，便下当街上似五湖，都淹了九衢，犹自洗不尽从前受过的苦！

张养浩为官30多年，也算是十分风光，最终他选择退隐，也是出于自愿，并没有多少牢骚，所以他在说到世事险恶，不如闲居的时候，也是比较平和的，不像有些人那么尖锐。

张养浩的散曲，无论是写景还是抒怀，都比较雅致，有诗化甚至散文化的倾向，自然有一种气象。明朱权《太和正音谱》评张养浩的散曲如"玉树临风"，指出他的作品格调高远。他的作品文字显白流畅，感情质朴醇厚，无论抒情或是写景，都能出自真情而较少雕镂。

阅读链接

张养浩于1288年前后，以山东东平学政入仕，历任礼部令史、御史台掾史、中书省掾属等下级官吏等10多年。1308年升为监察御史，因上疏直论时政而为当国者所不容，被定罪罢官。

1312年复出，历任陕西行台治书侍御史、礼部侍郎、礼部尚书等。1320年，命为中书省参知政事，进入元朝的决策机构，但不久即因上书谏言激怒了英宗，于1321年以父老为由辞官归隐故里。

1312年至1321年的10年间，当是张养浩一生在政治上最得意的时期，归隐8年间先后拒绝了朝廷的7次征聘，隐居不出。他在归隐闲居的时期，写下了大量体现隐居生活闲情逸致和歌咏田园风光的散曲作品。

1329年关中大旱，诏命为陕西行台中丞前往赈灾，张养浩为民着想，毅然赴任，到任4月因劳累而卒，消息传开，关中人皆有悲色，元朝廷封其滨国公，谥文忠。张养浩为民鞠躬尽瘁的精神赢得了时人和后人的爱戴和敬重。

乔吉融俗于雅的新散曲

乔吉，一作乔吉甫，字梦符，一作孟符，号笙鹤翁，又号惺惺道人。山西太原人，后流寓杭州，大部分时间生活在江南。

乔吉擅长散曲、杂剧创作，尤以散曲成就更大，在散曲发展史上的地位和影响极其显赫。他一生浪迹江湖，足迹遍布大都、湖南、浙江、福建、江苏、安徽等地，寄情诗酒，留情青楼，所以其散曲多是啸傲山水、戏谑青楼之作。为了交往达官，乔吉趋于逢迎，也作了不少奉樽侍宴的应酬之作。此外，还有一些愤世之作。

乔吉画像

乔吉的散曲风格以清丽为主,雅俗兼具,生动活泼,以奇制胜。其散曲创作讲究曲调和声律,少用衬字、衬句,表现出雅化倾向。

代表乔吉散曲水平的精品之作多是咏物抒怀、写景即兴一类的作品,表现出一个落魄文人无奈的人生追求和情感寄托,或歌咏逍遥自在的生活,或抒发散逸超脱的情怀,〔正宫·绿幺遍〕《自述》是他一生落拓的写照:

> 不占龙头选,不入名贤传。时时酒圣,处处诗禅;烟霞状元,江湖醉仙。笑谈便是编修院,留连,批风抹月四十年。

此曲最能表达作者的人生情怀,虽然在仕途上不如意,功名无望,但作者还是以乐观旷达的态度,自谓独占天地自然之灵秀,享尽山林湖海之风光,快意于诗酒人生。这种情怀在〔双调·折桂令〕《自述》中也有类似的体现。

在乔吉的散曲中,歌咏潇洒的情怀和向往自然的生活是一大主题,他的〔南吕·玉交枝〕《闲适二曲》就表现这种思想,其一:

> 山间林下,有草舍蓬窗幽雅,苍松翠竹堪图画,近烟村三四家。飘飘好梦随落花,纷纷世味如嚼蜡。一任他苍头皓

《自述》配画

发，莫徒劳心猿意马。自种瓜，自采茶，炉内链丹砂。看一卷道德经，讲一会渔樵话，闭上槿树篱，醉卧在葫芦架，尽清闲自在煞。

> **声律** 我国古代对诗和骈文在声调、音韵、格律等方面的要求。熟练地掌握声律，有助于创作出音调和谐、悦耳动听、富有音乐美的作品来。

"自种瓜，自采茶"，这就是乔吉的理想生活。乔吉一生不曾显达，甚至可以说是穷困潦倒，其作品内容也因此而表现出一种消极厌世的情绪和对现实的不满，同时也会表达出自己的心声，如〔双调·水仙子〕《寻梅》一曲最有代表性：

冬前冬后几村庄，溪北溪南两履霜，树头树底孤山上。冷风来何处香？忽相逢缟袂绡裳。酒醒寒惊梦，笛凄春断肠，淡月昏黄。

■《寻梅》配画

这支散曲是寓情于景的写作手法，表面上是写梅花，实际上处处体现着作者的心境及所要表达的思想内涵。"寻梅"两字本身即表达了作者对高尚品格的渴望与追求。

曲作中的梅花可以理解为作者心目中高洁品性的代名词，这在他的另一支散曲《折桂令荆溪即事》

中也可以看出来:

> 问荆溪溪上人家:为甚人家,不种梅花?老树支门,荒蒲绕岸,苦竹圈笆。寺无僧狐狸样瓦,官无事鸟鼠当衙。白水黄沙,倚遍阑干,数尽啼鸦。

曲中,作者讽刺了当时官僚腐朽,社会风气颓落,致使人民困苦,正义不得伸张的社会现实。感叹家家不种梅花,实则隐射梅花般的高洁品性无人拥有。

此外,在乔吉的散曲中依托梅花来抒发类似情调的作品还有[中吕·山坡羊]《冬日写怀》之三、[双调·折桂令]《登毗陵永庆阁所见》、[双调·折桂令]《赠张氏天香善填曲时在阳羡莫侯席上》

《折桂令荆溪即事》配画

等,这些作品不仅体现出了乔吉的风雅和清高,更真实地反映出其心灵深处的冲突和悲苦。

乔吉的散曲表现出典正清雅,他精于音律,善于锤炼句子,他的散曲,后期开始向词方面靠拢,逐渐走向风雅化的代表。这类散曲多是描写闺情之作,而宴饮赠答之作也多近典雅,这类风格的代表作是[双调·折桂令]《秋思》:

> 红梨叶染胭脂,吹起霞绡,绊住霜枝。正万里西风,一天暮雨,两地相思。恨薄命佳人在此,问雕鞍游子何之。雁未来时,流水无情,莫写新诗。

这首曲作和宋词婉约派的风格相似度很高,相反,散曲的意味不是很多。乔吉这类散曲多以描写恋情的凄苦来抒发自己内心的伤情,以此来消解自己内心的凄苦,曲折反映了这个时期一些文人共同的心理状态。

乔吉与当时一些有名气的歌妓来往密切,他的散曲中也多有描写她们的句子,如说她们"脸儿嫩难藏酒晕,扇儿薄不隔歌尘。佯整金钗暗窥人。凉风醒醉眼,明月破诗魂,料今宵怎睡得稳",或描绘她们"合欢髻子楚云松,斗巧眉儿翠黛浓。柔荑指怯金杯重,玉亭亭鞋半弓,听骊珠一串玲珑。歌触的心情动,酒潮的脸晕红,笑堆著满面春风"。

乔吉散曲色彩斑斓,笔调洒脱,喜用华美、工丽的语言描写艳情,常于恬淡中透豪气,浓艳中涵天然,雅秀中蕴清浅,热闹中寓凄凉,它始终融俗于雅,使散曲定位在雅俗兼赅的新层面上。

阅读链接

写文章要做到凤头、猪腹、豹尾,也就是说,开头要精彩,就像凤凰的头一样,能一下子吸引住人;中间内容要丰富充实,言之有物,就像猪的肚子一样;结尾要有力,留有余响,就像豹子的尾巴一样。这个理论,就是元代散曲家乔吉在谈到写"乐府"也就是散曲的章法时提出来的。

元代史学家陶宗仪的《南村辍耕录》引乔吉的话说:"作乐府亦有法,曰凤头、猪肚、豹尾六字是也。大概是头要美丽,中要浩荡,结要响亮。尤贵在首位贯穿,意思清新,苟能若是,斯可以言乐府矣。"

徐再思骚雅端丽的曲风

徐再思，字德可，自号甜斋，浙江嘉兴人。他一生绝大部分的活动都在江浙一带，其间曾离开故居。

徐再思的散曲以清丽文雅为主，以骚雅端丽见长，亦有豪放之作。徐再思擅作小令，内容多为情思、归隐及景物、咏史等题材，其中尤以写相思闺情冠绝于世，被称为写相思高手。

徐再思情思之作深沉隽秀，其中最受称道的是［双调·蟾宫曲］《春情》：

徐再思画像

《春情》配画

平生不会相思，才会相思，便害相思。身似浮云，心如飞絮，气若游丝。空一缕余香在此，盼千金游子何之。证候来时，正是何时？灯半昏时，月半明时。

此曲写得真挚自然，纯乎天籁。题目为春情，写的是少女的恋情。首3句说少女害了相思病，不能自拔，感情波澜起伏。第三、四、五句写少女相思的病状，用浮云、飞絮、游丝比喻她病得魂不守舍，恍惚迷离，十分贴切。

第六、七句写病因，游子一去，徒然留下一缕余音，彼此没法相见，只有望穿秋水地盼望。最后两句点出相思病最难捱的时刻，灯半昏，月半明，夜已阑。半明半暗的光景，最能勾起相思之苦。

此曲押韵有其特色，开头处连用"思"字3次，结尾处连用"时"字4次。连环重叠，写法大胆而自然，颇得本色之趣。

徐再思擅长写相思之情，他另有一曲《清江引·相思》说："相

■《春思》配画

南吕 即南吕宫，古代乐律名。古乐分十二律，用三分损益法将一个八度分为十二个不完全相等的半音的一种律制。各律制度从低到高依次为：黄钟，大吕，太簇，夹钟，姑洗，仲吕，蕤宾，林钟，夷则，南吕，无射，应钟。又，奇数各律又称为"律"，偶数各律称为"吕"。总称为"六律""六吕"，或简称为"正律"，乃对其半律与倍律而言。

思有如少债的，每日相催逼"，也写得真率坦诚，不假辞藻而墨花四照，与这首有异曲同工之妙。

再看〔商调·梧叶儿〕《春思》：

芳草思南浦，行云梦楚阳，流水恨潇湘。花底春莺燕，钗头金凤凰，被面绣鸳鸯。是几等儿眠思梦想。

全曲写一位女子在春天对远行情人的思念和追忆，写尽了孤独女子无尽的离愁别恨和情思梦想。前三句为一层，首句是追忆与情人的分别，次句追忆昔日与情人在一起的欢爱，借用典故以表达与情人同处的快乐和美妙，表现出思恋之深达到痛不欲生的程度。以下四句是一层，运用睹物思人的比兴手法来追忆共度时光的美好。

徐再思很善于刻画陷入爱情的女子的纠结心情，如［南吕·阅金经］《闺情》：

> 一点心间事，两山眉上秋，拈起金针还又休。羞，见人推病酒。恹恹瘦，月明中空倚楼。

商调 指文学上的一种宫调，我国传统乐学把音乐实践中音、律、声、调之间的逻辑关系概括起来，用以表明调性范畴的全面情况的基本理论就是宫调。

除含蓄地表达外，在表现相思恋情时，徐再思也擅长直白地描写对爱情的大胆追求、表达奔放热烈的真挚情感、歌颂爱情的自然之美，看［越调·凭栏人］《春情》和［双调·沉醉东风］《春情》：

> 髻拥春云松玉钗，眉淡秋山羞镜台。海棠开未开？粉郎来未来？
>
> 一自多才间阔，几时盼得成合？今日个猛见他门前过。待唤着怕人瞧科。我这里高唱当时水调歌，要识得声音是我。

这是两首大胆泼辣、风趣俚俗的情歌，由女子口吻道出，前一首直白真切地表达了女子对恋人到来

《春情》配画

《夜雨》配画之一

的期盼，表现出痴情女子激荡的情感；后一首生动地勾勒出怀春少女与心上人离隔多日而骤然相见的情景，塑造了一个机智、热情、大胆、纯真的追求爱情的民间少女形象。

可能是受经历的影响，徐再春的离情之作洋溢着一种感伤悲凉的情绪，代表性作品如［双调·水仙子］《夜雨》：

一声梧叶一声秋，一点芭蕉一点愁，三更归梦三更后。落灯花，棋未收，叹新丰逆旅淹留。枕上十年事，江南二老忧，都到心头。

曲作讲的是一位江南女子思念出征在外的丈夫，在深秋的夜晚，前半夜把思念之情托付与梦中，后半夜怅然惊醒才觉是一场空，远在天边的丈夫杳无归期。寒来暑往，江南的春花又开了，而闺中之怨依然是绵绵无绝期。

曲子中洋溢着一个孑然异乡的羁客的孤独和愁绪，简简单单几个字读来却韵味悠长。曲子语言工炼，形象鲜明，感情真挚，给人以极大的美感。

徐再思也作有怀古忧时、隐居闲适、醉情山水之篇，他的某些咏史小曲总结历史兴亡多能言简意赅，有一定的警世意义，如［双调·蟾宫曲］《姑苏台》：

荒台谁唤姑苏？兵渡西兴，祸起东吴。切齿仇冤，捧心钓饵，尝胆权谋。三千尺侵云粪土，十万家泣血膏腴。日月居诸，台殿丘墟。何似灵岩，山色如初。

此曲用大量的典故来描述吴越争霸的历史，具有以

《夜雨》配画之二

《皋亭晚泊》配画

古醒今的深刻内涵和对历史、现实的理性思考。

徐再思在写景咏物的散曲中得到了一种精神慰藉与情感寄托，很多作品也因此都打上了山林隐逸、村野闲适的色彩，如〔中吕·喜春来〕《皋亭晚泊》：

水深水浅东西涧，云去云来远近山，秋风征棹钓鱼滩。烟树晚，茅舍两三间。

此曲写景清丽典雅，于云水秋风、炊烟茅舍中微微透出淡淡乡愁，意境清旷恬静，是清丽的典型风格。

阅读链接

关于徐再思的生平情况，所知甚少。《录鬼簿·徐德可》称其与张可久"同时"，曾任"嘉兴路吏……为人聪敏秀丽"。元末明初杂剧作家贾仲明的挽词称其"交游高上文章士，习经书、看鉴史"，可见徐再思是位颇有学问的散曲作家。

徐再思一生的活动似乎仅限于江浙一带，其间曾离开故居，清代褚人获《坚瓠集·丁集》记载其"旅寄江湖，十年不归"，这个情况也可以通过徐再思的〔双调·蟾宫曲〕《西湖》散曲中"十年不到湖山"，以及〔双调·水仙子〕《夜雨》中的"枕上十年事，江南二老忧"等得到验证。

时代新风

散曲创新

从元末进入明代,散曲的发展呈现出新的变化,北曲方面,作者数量不见少,但其风格多没有超出前代,能独创一个新的作风者,十分罕见,总体上,仍以豪放为主。

南曲方面,有了较大的发展,渐渐占领了曲坛的重要地位,表现出另一种清新活泼的气象,造成了以后一百多种的曲坛新局面。

在明初百年间,散曲创作相对沉寂,较有影响的除由元入明的汪元亨、汤式外,皇室作家朱有燉的风月闲情之作较有特色。

明散曲创作高潮在明后期,这一时期,南曲的发展比较迅猛,出现了一些有特色的作品,铸就了新的辉煌。

北曲名家推陈出新铸辉煌

明代弘治至隆庆年间,城市工商业急剧发展,散曲创作走向兴盛。北有康海、王九思、冯惟敏、薛论道,南有王磐、陈铎等,皆一时之名手。

康海蜡像

这时期的北曲，风格皆以典雅为主，可谓真实地出于"性灵"之作，其气象反较明初为盛。

北曲名家推陈出新，将明散曲从以往颓废的气象中带进一个新境界，铸就了新的辉煌。

康海，字德涵，号对山、沜东渔父，陕西武功人。1502年考中状元，任翰林院修撰。其著作有诗文集《对山集》、杂剧《中山狼》、散曲集《沜东乐府》等。

▨ 平沙落雁图

康海作了大量的散曲，包括套数30余首、小令200余首，曲作的主要内容是抒发其愤世嫉俗的情怀，如《雁儿落带过得胜令》：

> 真个是不精不细丑行藏，怪不得没头没脑受灾殃。从今后花底朝朝醉，人间事事忘。刚方，溪落了膺和滂；荒唐，周全了籍与康。

曲作表现了他自认为无辜遭殃的满腹牢骚，并夹杂着几分玩世不恭的幽默。

康海在作品中倾吐其徜徉山水的闲情逸致，如《叨叨令》《秋兴次渼陂韵》就着重表现了作者对

翰林院 翰林院从唐代开始设立，初时为供职具有艺能人士的机构，自唐玄宗后，翰林分为两种，一种是翰林学士，供职于翰林学士院，另一种是翰林供奉，供职于翰林院。翰林学士担当起草诏书的职责，翰林供奉则没有什么实权。

"有时节望青山看绿水乘嘉树,有时节伴渔樵歌窈窕盟鸥鹭"生活的欣喜之情。他的散曲一般都写得豪放爽健,但有时过多地生造和堆砌辞藻,也造成了作品空洞的缺点。

王九思与康海同时期,同朝为官,字敬夫,号渼陂,陕西鄠县人。王九思出身于书香之家,家境富裕,天资聪明,一表人才,自幼读书,学识渊博,尤长文学。他青年时热衷于功名。1496年考中进士,选为庶吉士,后授检讨。1509年调为吏部文选主事,年内由员外郎再升郎中。

王九思擅长诗文和曲,以诗文名列"前七子"。王九思散曲存套数十余首,小令百数十首。他的曲作多数是对现实表示不满,通过寄情山水,发泄自己的牢骚。虽然抒发的是个人的情怀,境界狭窄,但尚有一定的社会意义和认识价值。

王九思所著的散曲秀丽雄爽,如〔沉醉东风〕《归兴》:

■ 王九思画像

前七子 明代弘治正德年间的文学流派,成员包括李梦阳、何景明、徐祯卿、边贡、康海、王九思和王廷相7人,以李梦阳、何景明为代表。是为区别后来明代嘉靖隆庆年间出现的李攀龙、王世贞等7人的"前七子",而称"后七子"。

有时节露赤脚山巅水涯,有时节科白头柳堰桃峡。戴什么折角巾,结什么狂生袜,得清闲不说荣华。提起封侯几万家,把一个薄福的先生笑煞。

曲子倾吐胸臆，生机盎然。正词谑语错杂其间。王九思的散曲有时曲作过于粗豪，精思不足，这是他曲作明显的不足之处。

冯惟敏，字汝行，号海浮，又号石门，山东临朐人。自幼随父游历南京、平凉、石阡等地。聪颖好学，才华富瞻，与兄惟健、惟重及弟惟讷同以诗享名，时称"临朐四冯"。

冯惟敏的散曲跳出只写吊古厌世、谈禅归隐、林泉逸兴、男女风情的窠臼，将题材拓展到社会生活的诸方面，丰富了曲作的内容。

首先，他的散曲严重地抨击了吏治腐败、政治黑暗和社会种种弊端：有的讽刺统治集团腐朽无能，颠倒是非曲直，如〔清江引〕《八不用》、〔朝天子〕《解官至舍》。

有的谴责贪官污吏刻薄罪行，如〔醉太平〕《李中麓醉归堂夜话》、〔新水令〕《十美人被杖》；有的揭露上层社会尔虞我诈、贤愚不辨，如〔端正好〕《徐我亭归田》、〔一枝花〕《对驴弹琴》。

胡十八 曲牌名，有多种格体，常见一体为9句，句式为三、三、三、三、七、五、五、六、六，押六平仄韵。末4句也可用二、二、三、三，也可以成句。用作小令，兼入套数。

■ 古人弹琴图

《辞署县印》配画

有的是对科举制度表示不满，如［粉蝶儿］《辞署县印》、［折桂令］《下第嘲友人乘独轮车》；还有一些是指斥江湖术士骗钱害人的，如［朝天子］《四术》等。或讽贪、或刺虐、或戳弊、或揭恶，均为警世醒民之作。

冯惟敏还有不少关心农事、同情农民的作品，如［胡十八］《刈麦有感》、［折桂令］《刈谷有感》、［玉江引］《农家苦》，以及［玉芙蓉］《喜雨》《苦雨》《苦风》《喜晴》等。

此外他还有一些曲作，如［端正好］《吕纯阳三界一览》3组套曲，借神鬼反映现实社会，抒发愤懑之情。这些作品都表现了一定的思想深度。

冯惟敏散曲的艺术风格以真率明朗、豪辣奔放见长，但也不乏清新婉丽之作。他的作品大量运用俚语俗谚，不事假借，极少雕饰，幽默诙谐，气韵生动，保持了散曲通俗自然的本色美。有时他将经、史、子、集中的书面语词入曲，任意驱遣，浑然天成，毫无生硬枯涩之弊。

冯惟敏散曲的艺术价值主要体现在强烈的现实批判精神、独特的取材视野、豪辣宏阔的艺术风格三个方面。这些成就使冯惟敏成为明散曲豪放派集大成的人物，奠定了他在散曲史上的历史地位。

薛论道，字谈德，号莲溪居士，河北定兴人。薛论道自幼喜欢读书写作，据说8岁时就能做文章。后从军30年，官至指挥佥事。后弃官归隐，但是不久又被起用，授予神枢参将加副将，一直到老。

薛论道的散曲保存在散曲集《林石逸兴》里，《林石逸兴》共10卷，每卷百首，曲目1000首，可见数量是很庞大的。

薛论道出身于下层，又亲身体验到社会的黑暗和上层统治阶级的昏庸，因此，在散曲中多有讽世之作，作品的内容在对黑暗势力的揭露上占着很大的比重，同时对未来充满向往也构成了作品的浪漫主义色彩。

薛论道在作品中对社会不公的揭露和嘲讽往往是不顾情面的，如他在散曲中贬责封建统治阶级和达官贵人是"软脓色气豪，恶少年活神道"，讥讽他们"今日车，明日轿。村头脑紫貂，瘦身躯绿袍，说起来教人笑。"

对这些官僚贵族在官场中钩心斗角、尔虞我诈的倾轧是"芥羽一

薛论道蜡像

《吊战场》配画之一

毛轻,倚豪雄起斗争,缨冠披发不恤命"。这些都反映了薛论道对统治阶级不关心人民疾苦,只知争权夺利、吃喝玩乐的鄙视和憎恶。

由于薛论道较长时期地过军营戎马生活,屡次领兵和入侵者作战,所以他的散曲中对战场的描写数量较多,而且写得真实感人、有气魄,如他有名的散曲《山坡羊·吊战场》:

拥旌麾鳞鳞队队,度胡天昏昏昧昧。战场一吊,多少征人泪?英魄归未归,黄泉谁是谁?森森白骨,塞月常常会;冢冢碛堆,朔风日日吹。云迷,惊沙带雪飞;风催,人随战角悲。

散曲写出了敌我大战的雄壮场面,人如蚁,旗如林,同时又写出了古战场上的凄凉,有多少将士丧失了生命,一堆堆的白骨,一座座的坟丘,战争给多少人家带来了灾难啊!既表达了作者对战争的厌恶和对死亡将士的怀念,也隐含着作者决心御敌报国的雄心壮志。

将军旅生活入曲，在散曲史上，薛论道的《林石逸兴》是首创。这并不仅仅是简单地把自己的生活经历表现在创作中，也是对散曲题材的突破。

薛论道对塞外景物意象的个人感受和组合方式，承继着唐代边塞诗的艺术表现题材和宋代边塞词的艺术风格的传统，扩大了散曲的创作领域的同时，还强化了散曲的志情抒怀。

面对黑暗的现实，薛论道并没有颓废和畏惧。在一些散曲中，表达了他对前途充满信心和希望的思想感情，如在散曲《古山坡羊·冰山》中写道："狂飙，三冬任尔飘；尔骄！一春看尔消。"

作者通过"冰山"，写出了他对生活的理解：在那种"凌凌草木凋，茫茫星斗摇"的动荡昏暗的时代，他要不畏严寒，不随世俗，勇敢地站出来。

他把自己比作猫头鹰，自豪地声称"万物中君独怪，百鸟丛

《吊战场》配画之二

尔最凶";他把自己比作大鹏,"等闲一举冲霄翼","翻江搅海惊天地",显示出作者敢于蔑视封建势力,置身污泥而不染的情操。

薛论道的一些咏物作品也往往有明显的寓意,像《古山坡羊·冰山》讽刺权势者逞凶一时,终归消亡;《水仙子·鸥鹆》《桂枝香·蚊》讽刺专在暗处害人者等,也都愤慨很深。

他还有一些抒写个人抱负的作品,既写出了大鹏冲天的壮怀,也夹杂着深沉的未遇之叹。其缺点是不少作品带有宿命论和消极悲观的思想。

在艺术上,薛论道的散曲多富有浪漫主义的手法,在用词造句上形象生动,读来既朴实,又流畅通达。此外,薛论道还经常运用象征、比喻、拟人等手法来对语言进行修饰。

薛论道对明散曲乃至整个散曲的构筑意境和反映现实的艺术功能有着开拓性的探索。他的"叹世曲"不仅继承了元代"叹世"曲作的优良传统,同时又有进一步发展,开拓了叹世曲的表现领域。其叹世曲作题材广阔,意境高远,情感豁达,具有明显的个性和特色。

阅读链接

王九思非常好学,为了写好戏曲,他便从学音乐开始。他购买乐器,聘请乐师,教他学习音乐知识。经整整3年的不懈努力,学会了弹奏琵琶、三弦等,而且弹得很好。

他雇请歌妓,组成家班,一旦有了新作,便排练和演出,并不断修改提高。他十分注意向别人学习,以此丰富提高自己。

一次戏曲作家李开先去西夏饷军路经关中,住在康海家里,他得知后,立即邀请到鄠县做客,设宴招待。同时,让家班演唱了他的杂剧《游春记》,请李开先指点。

南曲名家改革开辟新天地

在康海、王九思、冯惟敏、薛论道等一批北曲名家铸就北曲辉煌的同时,南曲也出现了一批散曲名家,他们的创作也给南曲带来了一股清新之气,成就了南曲的辉煌,这批南曲名家以沈仕、梁辰鱼、王磐、陈铎等人为代表。

沈仕,字懋学,又字野筠、子登,号青门山人,别号东海迷花浪仙,浙江杭州人。沈仕年轻时即有才名。他的散曲集合成散曲集《唾

沈仕画像

窗绒》，其散曲被称为"青门体"，轰动一时，并一直影响到晚明。

"青门体"以写艳冶绵丽的作品为特征，有如诗中的"香奁体"和词中的"花间派"。不少散曲作家受他影响，在散曲流派中可说是异军突起。

沈仕的散曲已偏向满足耳目感官的享受要求，形式浮艳，内容苍白，如其代表作《南双调》："懒画眉春闺即事东风吹粉酿梨花，几日相思闷转加。偶闻人语隔窗纱，不觉猛地浑身乍，却原来是架上鹦哥不是他。"

■ 腊梅山禽图

再如《琐南枝·咏所见》："雕栏畔，曲径边，相逢他蓦然丢一眼。教我口儿不能言，脚儿扑地软。他回身去一道烟，谢得蜡梅枝把他来抓个转。"

这两首曲作充分地体现了当时沈仕曲作的艳冶绵丽的风格。

梁辰鱼，字伯龙，号少白、仇池外史，江苏昆山人，他的父亲梁介为平阳训导，"以文行显"。梁辰鱼喜欢行侠仗义，不喜欢、也不屑参加科举考试获取功名。

香奁体 指一种专以妇女身边琐事为题材，多绮罗脂粉之语的诗歌体裁，又称"艳体"。香奁体渊源于六朝宫体，描写范围从宫廷贵族扩大到一般士大夫的恋情、狭邪生活，对后世诗歌有一定的影响。

梁辰鱼喜欢交朋友，据说他家有装饰好的房屋，专门接纳四方奇士英杰。嘉靖年间以诗人李攀龙、王世贞为首的"后七子"，都与他往来，戏剧家张凤翼也是他的好友。

梁辰鱼得到过著名音乐家魏良辅的传授，又与郑思笠等人精研音理，对改革昆山腔做出了贡献。

梁辰鱼的散曲集《江东白苎》一出，以昆腔演唱的南曲大盛，北曲迅速衰落。这时东南地区资本主义逐渐萌芽，城市更加繁荣，散曲作家也大多数集中在这一地区活动。

由于城市物质生活的刺激，以及享乐意识的浸润，很多文人或多或少都沾染上沉溺声色的风气，很多人都蓄有歌伎，或经常出入青楼，因此作品大半喜欢用华美纤丽的辞藻，写缠绵旖旎的艳情。

梁辰鱼的《江东白苎》和沈仕的《唾窗绒》，是华美纤丽风气的代表。他们所开创的"白苎派"和"青门体"，风靡一时。

梁辰鱼的《江东白苎》内容可为三类：一类是以闺情为基本题材的散曲，它们在梁辰鱼曲中所占比例最多，但几乎都不只是为咏闺情

《白练序·暮秋闺怨》配画

而作,其中许多的闺情曲寄寓了作者自身的失意,如《白练序·暮秋闺怨》:

> 西风里,见点点昏鸦渡远洲,斜阳外,景色不堪回首。寒骤,漫倚楼,奈极目天涯无尽头。消魂处,凄凉水国,败荷衰柳。[醉太平]罗袖。琵琶半掩,是当年夜泊,月冷江州。虚窗别……

曲中"昏鸦""斜阳""败荷衰柳"等凄凉秋景与思妇的孤独哀愁交织在一起,凄凉意味浓厚,这是作者借闺怨来抒写自身抑郁的情怀。

第二类是羁旅乡愁、登临怀古、赠别怀旧之作。这类曲作不多,但内涵丰富。其中有的是抒写羁旅之中的乡土之思;有的是抒写伤怀故国之作;有的是抒发送别友人的真挚情感。

这类词作往往用清丽之词抒写人生感叹,低回而沉郁,如《销金帐·夜宿穆陵关客舍》：

> 松窗半掩，月落空庭暗，笑孤身在关门店。怎奈夜永不寐，剔残灯焰。西风透入，透入茅檐破苫。起弄双剑，惊落疏星千点。谁怜变了，变了苍苍鬓髯。

市井气 一种生活化、自然化、无序化的自然文化，是指产生于街区小巷、带有商业倾向、通俗浅近、充满变幻而杂乱无章的一种市民文化。

独宿荒村野店，夜不能寐，拔剑起舞。虽有"惊落疏星千点"的豪气，却掩盖不了老去无成的叹息。

第三类是带有市井气的散曲。梁辰鱼的这类曲作以《驻云飞·杂咏效沈青门唾窗绒体》组曲为代表。其中露骨的色情描写，充满感官刺激和享受，反映了明代中叶以后社会风气的败坏。

梁辰鱼散曲的艺术特色主要反映在两个方面：一是

《销金帐·夜宿穆陵关客舍》配画

声韵谐和优美,且长于抒情。这是用昆腔新声唱曲的直接反映,是旧昆腔婉转清丽风格的发展;二是辞藻典丽蕴藉,用词精致细腻婉约,这在其闺情曲作尤其是套曲中表现突出。

王磐,字鸿渐,自号西楼,江苏高邮人。他出身于一个富有之家,喜欢读书,曾为诸生,但嫌拘束而最终选择了放弃,他终身不再应举做官,而是纵情于山水诗酒,常与名士谈咏其间。

王磐散曲有小令65首,套曲9首。王磐散曲题材比较宽广,套曲〔南吕·一枝花〕《久雪》,以大雪的逞威喻权贵的肆虐,借以抒发心中的牢骚不平,并且表示了对光明的信念。〔南吕·一枝花〕《嘲转五方》则讽刺了社会的迷信风气。

王磐做了大量庆节、赏花、记游等闲适之作,反映了他生活和性格的基本方面。部分作品则比较深刻地反映了社会现实,或表达了作者改变现实的愿望。

王磐散曲的风格大多是清丽精雅的,个别讽刺作品则较为豪辣,如〔朝天子〕《咏喇叭》:

喇叭,唢呐,曲儿小,腔儿大。官船来往乱如麻,全仗你抬声价。军听了军愁,民听了民怕,那里去辨甚么真共假?眼见吹翻了这家,吹伤了那家,只吹的水尽鹅飞罢!

曲作把正德年间擅权的宦官在运河沿岸鱼肉百姓的罪恶行径,以及他们装腔作势的嘴脸,揭露得淋漓尽致。

他的〔朝天子〕《瓶杏为鼠所啮》旁敲侧击、嬉笑怒骂,以其俳谐风趣为人所称道:"斜插,杏花,当一幅横披画。毛诗中谁道鼠无牙?却怎生咬到了金瓶架?水流向床头,春拖在墙下。这情理宁甘罢!那里去告他,那里去诉他,也只索细数著猫儿骂。"

硕鼠之所以敢于肆无忌惮，是猫儿无能或放纵的结果，作者把矛头指向贪官污吏在当时是相当大胆的。

王磐的写怀咏物散曲以清丽见称，如《落梅风》，写野外牧羊，宛如清淡秀丽的水墨画，表现力很强。有时借景抒情，表白自己对人生、对世事的态度，多弦外之音，这也是王磐写景咏物曲的特色所在。

陈铎，字大声，号秋碧，江苏新沂人，家居金陵。陈铎为人风流倜傥，擅长诗词和绘画，又精通音律，善弹琵琶，常常牙板随身，随时高歌一曲，被教坊的子弟称为"乐王"。

陈铎散曲集有《秋碧乐府》《梨云寄傲》《月香亭稿》《可雪斋稿》《滑稽余韵》。陈铎的散曲大部分是写男女风情和闺怨相思，供歌伎们清唱。

这些作品缠绵幽怨，显

《落梅风》配画

得纤弱萎靡,有一些还带有色情的成分,内容无甚可取。影响最大、赖以传世之作是《滑稽余韵》。

陈铎长时间生活在金陵,对城市生活颇为熟悉。《滑稽余韵》一卷是一组曲,共141首。每首写一个行业,一共描写了60多种手工业工匠和其他劳动人民的生活,以及30多种店铺的经营。

把形形色色的商肆店铺、三教九流都写入散曲中。曲作高度赞扬各种工匠的手艺,歌颂他们对社会的贡献,同情他们的辛苦劳碌。

《滑稽余韵》一卷基本上采用当时的口语,明白通俗而又不失幽默风趣,富于生活气息。表现手法直露而不迂曲,不事藻绘雕琢,叙述中夹杂着评价和褒贬,明显不同于他的其他散曲。

陈铎把散曲的锋芒直接对准人性,全方位地反映明代中叶城市生活,带着批判的眼光审视社会群体不同的职业特征,公开表现自己的憎恶或同情,探讨职业病和行业病中显露出卑微人性,这种曲风可以说是前所未有,开辟了新天地。

阅读链接

梁辰鱼最为擅长的不是散曲,而是杂剧,从艺术水准来说,散曲的成就要远逊于杂剧。梁辰鱼对改革昆山腔做出了极大的贡献。梁辰鱼的曲在当时广为传唱,如晚明时期戏曲理论家吕天成在《曲品》中说:"丽调喧传于《白苎》,新歌纷咏于青楼。"

梁辰鱼的《浣纱记》是第一部用改革后的昆山腔编写的剧本。清代学者朱彝尊说:"传奇家曲,别本弋阳子弟可以改调歌之,惟《浣纱》不能,固是词家老手。"

自清代中叶以来,《浣纱记》中的许多单出发展成了昆剧舞台上经常上演的折子戏,如《回营》《转马》《打围》《进施》《寄子》《采莲》《泛湖》等,都非常有名。

走向低谷——散曲衰落

进入清代，由于种种原因，致使散曲的发展缓慢，表现之一是散曲家和散曲作品的数量都不是很多，作品在百首左右的不超过10家，更多的作家都在10首以下。

多数作家没有散曲作品专辑，而是附在其他作品之后。

另外，值得称道的作品很少，称得上有开创之风的扛鼎之作更是凤毛麟角。艺术上缺乏明显的特色，逐渐成为诗词的附庸，最终走向衰亡。

清代散曲作家的知识结构比较复杂，作散曲通常只是他们的爱好或者业余所为。他们复杂的知识结构影响了散曲的创作，由于比较重视诗词，因此，他们的散曲融入了诗词的一些特征。

明清之际散曲的创新与贡献

夏完淳父子画像

明清之际散曲创作一是继续了晚明散曲的路子,抒写艳情及文人的各种风流;二是与当时诗词等其他文学体裁一起承担着反映时代的任务,变为遗民文人的黍离悲歌,或爱国英雄的壮歌及其文人坚守民族气节为谋生而发出的悲叹。

其中后者提高了散曲的品位,在题材、内容、艺术诸方面都较明末散曲有了较为显著的变化,代表曲家有夏完淳、沈自晋、王时敏、沈非病等人。

在明清之际的文人中，有一位神童作家，他诗、词、曲无所不工，精神境界及不屈不挠的毅力，成年人都未必达到，他就是夏完淳。

夏完淳，原名复，字存古，号小隐、灵首，上海松江人，年少聪明，据说7岁能诗文，有"神童"的名号。明朝灭亡后，跟着父亲和师傅参加抗清活动，出生入死，经受磨难，事败被捕下狱，赋绝命诗，临刑神色不变。

■ 明朝古书籍

夏完淳的散曲有小令3首，套数2篇，内容包括送别、杂咏、感怀等。其所处的特殊时代以及自身世界观等原因，提升了其送别、杂咏、感怀散曲的品位，使它们与其他人的作品相区别并拓展了题材。

如［南商调·金梧桐］《送沈伯远出狱》中不乏"却恨相逢晚""情深不觉秋光换"之类的常见的歌颂友谊的字句，但是，特殊的经历使其友谊超越了一般的儿女私情，上升为一种高尚信念的表达，远非一般的送别之作所能比。

夏完淳的［南仙吕入双调·江儿水］《前题》悲壮闳怀，感人至深：

望青烟一点，寂寞旧山河。晓角秋茄

黍离悲歌 产生于西周初至春秋中期的民间歌谣，距今3000年左右。关于它的缘起，《诗经》称："《黍离》，闵宗周也。周大夫行役至于宗周，过宗庙公室，尽为黍离。闵宗周之颠覆，彷徨不忍去而作是诗也。"这种解说在后代得到普遍接受，黍离悲歌由此成为重要典故，用以指亡国之痛。

马上歌，黄花白草英雄路，闪得我对酒销魂可奈何！荧荧灯火，新愁转多。暮暮朝朝泪，恰便是长江日夜波。

作者的"悲"，是为旧山河而悲，其泪，是为故国而流。其情其感深沉雄壮，与"山河""晓角秋笳""黄花白草"等意象相契合，引发一种崇高的壮美。

夏完淳的套数〔南仙吕·傍妆台〕《自叙》叙写自己从军、挟剑横槊、掌印、穿阵等经历及只剩自己为"东海孤臣"的种种往事。其中虽悲伤难已，同时也豪气冲天。

夏完淳的曲作就是这样豪气万丈，光明正大，他"把诗的庄严宏深与曲的酣畅淋漓完美结合，故其情悲而豪，其境壮而阔，其语峭而健，其崇然大气。"

沈自晋，字伯明，号西来，江苏吴江人。沈自晋出身于吴江沈氏家族，淡泊功名，待人温厚，勤学博览，富有文才。他更有非凡的音乐天赋，终生酷爱，钻研不息。

沈自晋的散曲集有《黍离续奏》《越溪新咏》《不殊堂近草》，合称《鞠通乐府》，多写明末清初江南一带的离乱情景。

沈自晋的散曲以1644年

> **意象** 客观的物象经过创作主体独特的情感活动而创造出来的一种艺术形象。意象可以说就是主观的"意"和客观的"象"的结合，也就是融入诗人思想感情的"物象"，是赋有某种特殊含义和文学意味的具体形象。

■ 沈自晋画像

为分界，前期多是投赠祝寿、咏物赏花、男女风情等闲适的作品，清丽典雅。在明朝灭亡以后，他在散曲里反复写着自己的故国之思、家园之念，发抒兴亡离乱的悲痛感伤，风格雄劲悲凉。

沈自晋的曲作把亡国之痛、黍离之悲渗入生活的方方面面，以悲、愁、惨、泪、孤独等为主要情调，可以说处处都带着时代的烙印。他的曲作既具有文学价值，又具有历史文化价值，也提高了散曲的品位。

沈自晋曲作直接抒写黍离之悲的内容虽少，但十分成功，代表作品有［商调·字字啼春色］《甲申三月作》、［南杂调·六犯清音］《旅次怀归》、［南仙吕·皂罗袍］《寓中苦雨》。其中最能代表其特色的是［南仙吕·皂罗袍］《寓中苦雨》：

明代山水诗意图

> 风雨凄其忒甚，奈端陛集泪洒沾襟。败叶纷飞下寒林，愁看一带苍黄锦。岭云欲断，烟消翠阴。溪泉如咽，松悲响沉。逼得我萧条隐几难安枕。

这支曲子以写景为主，作者笔下的凄凉"风

六犯清音 清代戏曲中串合十数曲为一曲的曲名之一。此由六曲组成，因此称为六犯清音。见于清代李渔的《闲情偶寄·词曲·音律》："曲谱无新，曲牌名有新……更有以十数曲串为一曲，而标以总名，如《六犯清音》《七贤过关》《九回肠》《十二峰》之类，更觉浑雅。"

■ 《寓中苦雨》的配画

雨""败叶寒林"、如咽的"溪泉"、悲沉的松涛等传达出的无不是感伤的情绪和悲愁难安的精神面貌。此种情怀绝非一般的"阴雨"所能致,只有"天崩地裂"的时代变化才能引起如此的伤悲和不宁。

明清之际黍离悲歌的佳作还有熊开元的《击筑余音》、王时敏的〔南仙吕入双调·步步娇〕《西田感兴》、沈非病的〔北双调·新水令〕《金陵吊古》、沈永隆的〔南仙吕入双调·步步娇〕《甲申作》等。

这些作品或者沉痛,或者愤激,或者抒写收复山河的愿望,而对明朝灭亡的伤感及其对它的怀恋之情却是一致的。

其中,熊开元的《击筑余音》前面很大的篇幅都继承了元散曲"豪辣"的风格,成为后一部分长歌当哭的生动铺垫和鲜明的对比,从而构成了一曲动人肺

步步娇 北曲双调曲牌名,又名"潘妃曲"。套数、小令兼用。第三句押仄韵时,全句须作"平去上"。南曲仙吕入双调曲牌,套数过曲,亦用作小令。

腑的明朝祭歌。

王时敏，字逊之，号烟客、西庐老人等，江苏太仓人。他入清不仕，隐居田园，寄情诗画。他作有［南仙吕入双调·步步娇］《西田感兴》与［南商调·二郎神］《春去感怀》2套数。

《西田感兴》用今昔对比之法，由回忆"当年侍帝车"之风光写起，感叹"岂料沧桑变等空花，中心摇摇愁似麻"！

与其他归隐田园之作不同，王时敏在作品中真实地道出了耕稼的艰辛，因此，在牛背笛声兴起的更是"我心中恨者，我心中恨者，龙去渺无涯，鹤归何处也！叹夕阳西逝，纵有鲁戈怎遮，好教我泪如瓶泻。……脉脉心期何处写？"对明朝的依恋之情真挚，语言清隽通脱，为明清之际黍离悲歌的佳作。

沈非病的情况不为人所知，他后期的散曲作品中多带有"黍离麦秀"的色彩，又好以诗词语句入曲，故多警句。

如《金陵怀古》中的"冷萧萧凤城楼阁"，"淮水笙歌落，旧江山几回变更了"；《咏雁》中的"浑一似汉宫人，天畔寄书来到"，"支更未稳，怕网罗深巧。飞绕，却又似向阳关，偷度羽声悲悄"等，融情于写景状物之中，语句清丽，表情深切。

这一时期的黍离之作还有沈永

宫人 妃嫔、宫女的通称。西汉成帝定的一项后宫制度，在皇帝整个后宫里9等级中，宫人排名第八位，受5品官员俸禄。北宋年间，宫人被废，宫人从此成为空虚。从南宋开始便称作"宫女"。

■ 王时敏画像

《离忧》配画

隆的《甲申作》,其中[步步娇]道:"扑面胡尘秋风飐,愁发三千丈,难支几夜霜。梦整缨冠,拜手皇上。泪血染枫江,数点丹心,一缕青丝放。"在[江儿水]中表示"离恨随天老,思君落日长",都明确表达了作者对明朝的深切依恋之情。

其他如沈永瑞的[南仙吕入双调·玉抱金娥]《游燕作》、宋存标的[南仙吕·醉罗歌]《离忧》等,均体现出黍离悲歌的情绪。在明清之际的散曲作品中,黍离悲歌散曲是最具时代性的题材,也是这一阶段最重要的题材。

阅读链接

在文学史上,遗民诗人、词人、画家、学者等的作品多以气胜或者以情胜,有的在艺术上即使算不得精湛,也为后人所欣赏,黍离悲歌是这类作品中最重要的题材,自古就有,但是在散曲创作中,却唯独清代初期曲作家作品中才有,算得上一种创造。

明清之际黍离悲歌的出现,从散曲史的角度来讲,有着非常重要的意义:一是它提高了散曲的品位,使其无论从题材还是主题内容的严肃性都堪与诗、词相比;二是黍离悲歌对散曲严肃文风的树立起到了强有力的促进和加固作用;三是黍离悲歌带来了散曲作者角色的变化,使以往散曲作家们摆脱了"逸民""浪子"的性格和游戏社会、人生的浪荡家的身份,而成为具有社会责任感和时代精神的知识分子精英。

清中期浙西词派的词味

朱彝尊、厉鹗、吴锡麒都是浙西词派的词人，他们的散曲创作风格相近，称为"骚雅派"。他们3人的散曲创作与他们的词作一样，有着一定的继承关系，为清代"词味散曲"的代表。

朱彝尊，字锡鬯，号竹垞，浙江嘉兴人。康熙时，举博学鸿词科，授翰林院检讨。朱彝尊诗、词、文皆工，也作有散曲。他的散曲作品见于《曝书亭词》所附的《叶儿乐府》，共51首，

朱彝尊画像

《西溪》配画

全为小令,除一首为南曲外,其余都是北曲。

朱彝尊以词为曲,其散曲具有词味。朱彝尊的散曲题材不是很丰富,其中题咏风景名胜之作就占了半数之多,其余是闺情、题画、送别及抒怀之作等。

朱彝尊的题咏风景名胜之作都是用[北仙吕·一半儿]写成的,其篇幅短小,内容内敛。朱彝尊将苏州、杭州一带的风景名胜如灵隐、西湖、虎丘、金山等题咏几乎殆尽。

其词如《西溪》:"满林残雪碧山坳,人日春风金剪刀。孤棹野塘红板桥。玉梅梢,一半儿开迟一半儿早。"色彩艳丽,写景如画,淋漓尽致地传达出早春之气的气息。

再看《西湖》:"三潭新月浸鱼天,十里长堤飞柳绵,寻到水仙王庙边。里湖船,一半儿刚来一半儿转。"这是写春天月夜人游湖的情景,船只来往频繁,游人热闹如潮。朱彝尊的曲子都是此类,语言内敛,信息含量丰富,极似宋词。

朱彝尊的闺情之作不多,却都很精到,如[南商调·黄莺儿]:

碧玉小人家，两眉弯，双髻丫，春风爱立疏帘下。佳期最佳，阳差不差，心知消息今年嫁。剪秋纱，绣裙合画，画取并头花。

　　曲作写待嫁姑娘的情态、内心世界等十分鲜明，可称惟妙惟肖，只是略显含蓄。

　　再看他的〔北越调·天净沙〕："一行白雁清秋，数声渔笛濒洲，几点昏鸦断柳。夕阳时候，曝衣人在高楼。"

　　这些曲作有一个共同点，那就是都近似于词。

　　实际上，朱彝尊也有少量曲味较纯的作品，如〔北中吕·醉太平〕《野狐涎笑口》、〔北双调·折桂令〕《闹红尘》等，作品佻巧滑稽，诙谐成趣。

　　厉鹗，字太鸿，自署樊榭，杭州钱塘人。厉鹗家境贫寒，但仍好诗书不辍。他的诗词都很有名，且著作丰富。此外，他还有戏曲创作，有散曲小令81首。

■《南商调·黄莺儿》配画

厉鹗和朱彝尊都是浙西词派的主要词人,他们词作走的是同一路子,散曲走的也是同一路子,二人的创作不仅风格相近,就是主要题材也相近,他们的曲作多是题咏名胜风景之作。

就其曲风来讲,厉鹗的散曲也近于词,他的〔北双调·水仙子〕《虎丘书所见》的押韵就不符合散曲的规范,而近于词:

王珣宅畔晓钟催,朱勔花边午店开。仇英画里春妆赛。趁清明冷食来,施山僧那惜金钗。低润脸、男儿拜,整新裙、侍婢抬,恨无端落日船回。

厉鹗版刻像

《北双调·水仙子》的定格为八句,句式为七七七六七五五四,第五句以下也可作五六三三四,押六平韵,二去韵,第六句也可不入韵。但是厉鹗的《北双调·水仙子》《虎丘书所见》一曲押两韵,不符合散曲的押韵规范。总之,厉鹗的散曲仍然不脱词味,大有将诗、词共归一格的趋势,其诗、词、曲三者之间的风格差异十分不明显。

吴锡麒,字徵圣,号谷人,杭州钱塘人。乾隆时期的进士,著作有《正味斋集南北曲》两卷,其中有小令71首,套数13篇。吴锡麒的词、曲都是朱彝尊、厉鹗的后继者,作品风格追求"清空"与"骚雅"。他的散曲从题材内容上说大体有两种是比较突出的：一为题咏；一为归兴。

■ 人物画仕女屏

吴锡麒的题咏很杂，有题画、题风景名胜，再就是咏物。题画之作中以《题十二仕女图》最为醒目。一般都是先有画，后才征咏，而吴锡麒的这组题画却是先作出曲子后才教人绘画。因而说，这组作品实际上是题咏人物之作。

吴锡麒其他题画之作，如［北双调·折桂令］《题画蟹》、［北双调·沉醉东风］《题杨妃春睡图》等，语言精彩，有可以让人称道的地方。

吴锡麒的写景之作与朱彝尊、厉鹗相近，主要题写杭州西湖一带的名胜，吴锡麒的作品显得凄惋，更显得咏物之工。归兴是吴锡麒曲作中的又一主题。从内容上而言，他常常喜欢歌唱闲居隐逸生活。

再看其他归兴之作，［北越调·紫花儿序］《野步》道："踏莎行芒鞋斜转，摸鱼儿竹箳横拦，醉花阴石径怯眠寒。那不就青山一带，先缚了黄篾三间。清闲，道商量画稿绢曾矾，移居未晚，只要践约鸥

平韵 即平声韵，是相对仄韵而言的。平韵是指诗词曲的押韵字为平声。古汉语四声是平、上、去、入，上去入三声统称仄声。在后来的汉语普通话中，入声已经消失，平声分为阴平和阳平两种，即第一声和第二声。

来，做伴云还。"

还有，[北正宫·醉太平]《移居东园》云："东皋生署号，村夫子移居。画来水竹便留吾，已新编烟户。放生社乞鱼苗护，鸣机房许灯光助，灌园人习菜佣呼，好衣冠渐疏。"

这类归兴曲子往往工稳圆润，与他的写景咏物之作风格有所不同，总给人以一种耐人寻味的美感。

朱彝尊、厉鹗二人只作小令，吴锡麒不仅创作小令，还有套数，其套数中多题画之作，其次是送往迎来之作，只有[北中吕·点绛唇]一套，描绘的是盂兰会的情况。

朱彝尊、厉鹗、吴锡麒代表的"骚雅"派持续时间长，他们的创作在清代散曲史上前后呼应，形成气候。散曲风格主要表现为清空、闲雅、蕴藉，近于宋词，即"词味散曲"。追随者众多，成为清代散曲中的一大宗。

阅读链接

作为"骚雅"派中顶顶重要的一员，朱彝尊在提倡并践行"骚雅"曲风上并不是空穴来风，而是有其极深根源的。朱彝尊早年随嘉兴前辈文人曹溶学词，从中年开始创作，留下了600余首词。

他大力提倡学习南宋词的风雅兴寄，他认为明代词因专学《花间集》《草堂诗余》等，因此有气格卑弱、语言浮薄的弱点，主张词的创作应该提倡"清空""醇雅"，以此来矫正词上述弱点。

他宗法南宋词，推崇当时的格律派词人姜夔、张炎等。他选辑了唐代至元代的词编纂成为《词综》，在《词综》一书中朱彝尊阐述了自己的诗词主张，这一主张被不少人尤其是浙西词家所接受而发扬光大，于是就有了"浙西词派"这一称呼。

朱彝尊在词的创作上的主张自然而然地影响了他散曲的创作，成就了散曲"骚雅"之风。